Parlons de la Culture Taïwanaise en Français

La Perle magnifique de l' Océan Pacifique

太平洋中的璀璨珍珠

用法語說臺灣文化

國立政治大學

阮若缺 (Rachel Juan) 編著

舒卡夏 (Katarzyna Stachura) 審訂

緣起

　　國立政治大學外國語文學院的治學目標之一，就是要促進對世界各地文化的了解，並透過交流與溝通，令對方也認識我國文化。所謂知己知彼，除了可消弭不必要的誤會，更能增進互相的情誼，我們從事的是一種綿密細緻的交心活動。

　　再者，政大同學出國交換的比率極高，每當與外國友人交流，談到本國文化時，往往會詞窮，或手邊缺少現成的外語資料，造成溝通上的不順暢，實在太可惜，因此也曾提議是否能出一本類似教材的文化叢書。這個具體想法來自斯拉夫語文學系劉心華教授，與同仁們開會討論後定案。

　　又，透過各種交流活動，我們發現太多外國師生來臺後都想繼續留下來，不然就是臨別依依不捨，日後總找機會續前緣，再度來臺，甚至呼朋引伴，攜家帶眷，樂不思蜀。當然，有些人學習有成，可直接閱讀中文；但也有些人仍需依靠其母語，才能明白內容。為了讓更多人認識寶島、了解臺灣，我們於是興起編纂雙語的《用外語說臺灣文化》的念頭。

　　而舉凡國內教授最多語種的高等教育學府，就屬國立政治大學外國語文學院，且在研究各國民情風俗上，翻譯與跨文化中心耕耘頗深，舉辦過的文康、藝文、學術活動更不勝枚舉。然而，若缺乏系統性整理，難以突顯同仁們努力的成果，於是我們藉由「教育部高教深耕計畫」，結合院內各語種本國師與外師的力量，著手九冊（英、德、法、西、俄、韓、日、土、阿）不同語言的《用外語說臺灣文化》，以外文為主，中文為輔，提供對大中華區文化，尤其是臺灣文化有興趣的愛好者參閱。

　　我們團隊花了一、兩年的時間，將累積的資料大大梳理一番，各自選出約十章精華。並透過彼此不斷地切磋、增刪、審校，並送匿名審查，終於完

成這圖文並茂的系列書。也要感謝幕後無懼辛勞的瑞蘭國際出版編輯群，才令本套書更加增色。其中內容深入淺出，目的就是希望讀者易懂、易吸收，因此割愛除去某些細節，但願專家先進不吝指正，同時內文亦能博君一粲。

國立政治大學外國語文學院院長
於指南山麓

Introduction

L'apprentissage d'une langue étrangère nous aide à élargir nos connaissances et à comprendre des cultures différentes. Mais il fait bien plus encore : par là même, il nous donne également la possibilité de redécouvrir notre propre culture.

Dans la faculté des langues étrangères à l'Université Nationale Chengchi, une équipe de professeurs s'intéresse aux études interculturelles. Passionnés par ce domaine, nous avons pour vocation d'approfondir nos recherches respectives en les mettant en relation avec la politique de l'ouverture à l'international que notre université poursuit depuis de nombreuses années déjà.

En nous inscrivant dans cette perspective, nous avons entrepris la rédaction de livres bilingues afin de partager nos savoirs avec les apprenants du chinois ainsi que d'autres langues étrangères dans notre université, mais aussi, plus largement, avec tous ceux qui voudraient mieux connaître la culture taïwanaise. Pour mener à bien ce projet, nous avons l'immense plaisir de travailler avec les éditions Genki-Japan, basées à Taiwan, et spécialisées dans les publications en langues étrangères.

Tout au long de la rédaction de nos livres, nous nous sommes retrouvés une fois par mois pour discuter de notre travail, des moyens de présentation efficaces et d'approches originales, de sorte à offrir à nos futurs lecteurs des contenus variés, pertinents, et parfois insolites. Dans nos livres respectifs, chacun à sa façon, nous consacrons une attention particulière aux intérêts et aux tabous de chaque peuple. Nos recherches portent tant sur les traditions ancestrales et la culture populaire que sur le dynamisme de la modernité et l'ouverture de notre pays aux autres cultures.

Une fois nos rédactions terminées, elles ont été relues et corrigées par des professeurs de langues correspondantes. Ensuite, l'éditeur a envoyé nos textes à des examinateurs anonymes pour une seconde relecture afin que nous puissions proposer à nos lecteurs un travail presque parfait.

"Parlons de la culture taïwanaise en français – La Perle de l'Océan Pacifique" contient dix chapitres :

1. Les Fêtes
2. Les Traditions folkloriques
3. Les Temples
4. La Gastronomie
5. L'Art
6. Les Sources chaudes
7. Le Paysage naturel
8. Le Royaume des couleurs et des parfums
9. La Modernité
10. La vie nocturne

Ce n'est pas un guide touristique conventionnel. A travers l'histoire, mais aussi des légendes et des anecdotes, elle convie le lecteur à une flânerie inédite au cœur de la culture taïwanaise, dans toute sa richesse et toute sa beauté. Nous sommes convaincus que cet ouvrage sera utile tant aux apprenants étrangers qui découvrent notre pays pour la première fois qu'à ceux qui s'y intéressent depuis longtemps. Puissent-ils, les uns et les autres, y glaner des informations qui leur permettront de mieux s'intégrer à la culture taïwanaise et, pourquoi pas, de briller dans la société par les connaissances acquises…

Rachel Inn

前言

　　學習外語，除了可吸收新知、了解異國文化外，也可藉由語言與他國人士交流，表達個人的觀點及呈現本身文化的樣貌。國立政治大學外國語文學院對跨文化研究特別有興趣的教師群，於是組成團隊，參與校級的「教育部高教深耕計畫」，配合多元學習與國際化推展的腳步，我們更是責無旁貸，積極主動，打算將研究心得統整爬梳一番，與瑞蘭國際出版合作出版雙語套書，嘉惠外語學習者、國外中文學習者以及對大中華地區文化的愛好者。

　　本團隊每月例會一次，大家交換編寫體例格式心得，決定先以外文書寫，力求給予讀者清晰易懂、深入淺出的概念。為配合各國國情、喜好，各語單元內容略有出入。選材方面除了具我國傳統特色外，還注入現代性的活力，其中也包括精英文化與大眾文化的崢嶸。此外，其中內容尚請外籍教授審閱，提供意見，在孜孜研究與彼此互動的過程中，也更加明瞭臺灣史地及受異國文化的影響。為求謹慎起見，本系列書於出版前並交付匿名外審，是套嚴謹卻不失趣味性的參考典籍。

　　《用法語說臺灣文化》總共十章，其中包括：

一、節慶文化：它們依季節排序，觸動居民生活的輪轉。

二、民俗傳統：除介紹一些禁忌和禮儀，也提到不同族群的習俗。

三、廟宇：民間信仰往往是文化之根，我們可從中窺見社會的演進。

四、舌尖上的文化：飲食文化對大中華地區人民而言是重中之重。

五、藝術：臺灣創造力與生命力的傳承與體現。

六、溫泉文化：因地形生態產生的特殊環境。

七、自然景觀：彈丸之地竟有如此多元的地景，嘆為觀止。

八、色彩與香氣王國：地處亞熱帶，植物繽紛多彩，蔚為特色。

九、現代性：傳統與現代交織，衝撞卻不衝突。

十、夜生活：臺灣夜未眠。

　　這不是觀光指南，但卻是富文化底蘊和眉角的羅盤，其中穿插了許多小故事和冷知識，不僅令初學者大開眼界，亦讓具領隊等級人士會心一笑；它兼具雅俗共賞的功能，不但有學習、教學、旅居等參考價值，也緊密地環扣住社會脈動與雙向溝通。不論我國學生出國交換或外籍人士來臺學習或工作，若人手一冊，其發揮的影響力不容小覷。畢竟，掌握話語權就是我們突顯軟實力的最佳方式。

國立政治大學外國語文學院院長
於指南山麓

Table des matières 目次

Préface （緣起） ······002
Introduction （前言） ······004

Chapitre 1 Les Fêtes （節慶文化） ······011

1. Le Nouvel An chinois （農曆新年） ······014
2. Le Jour des Ancêtres （清明節） ······016
3. La Fête du Dragon （端午節） ······016
4. La Saint-Valentin chinoise （七夕情人節） ······017
5. La Fête de la Lune （中秋節） ······018

Chapitre 2 Les Traditions folkloriques （民俗傳統） ···021

1. Les 10 tabous du Mois des fantômes （鬼月十大禁忌） ······026
2. Le Cimetière français de Keelung （基隆法軍公墓） ······027
3. La Recherche du bonheur ou la superstition ? （尋求幸福或迷信？） ······027
4. Les 12 signes de l'horoscope chinois （12 生肖） ······029
5. Les Hakkas （客家人） ······032
6. Les Aborigènes de Taïwan （臺灣原住民） ······033

Chapitre 3 Les Temples （廟宇） ······037

1. Le Temple de Longshan （龍山寺） ······041
2. Le Temple de Confucius （孔子廟） ······042
3. Le Palais de Hsing Tien （行天宮） ······043
4. Le Temple de Wu Feng （吳鳳廟） ······044
5. Le Temple de Yanping Junwang （延平郡王祠） ······045
6. Fo Guan Shan （佛光山） ······046

Chapitre 4

La Gastronomie （舌尖上的文化） ······047

1. La Culture de la cuisine （食文化） ······058
2. La Culture du thé （茶文化） ······073
3. Le Royaume du fruit （水果王國） ······079
4. Les Ustensiles de table （食器） ······085

Chapitre 5

L'Art （藝術） ······087

1. Les Marionnettes （布袋戲） ······090
2. La Porte des Nuées （雲門舞集） ······092
3. Le Musée National du Palais de Taipei （臺北故宮博物院） ······093
4. Trois trésors du Musée National du Palais de Taipei （臺北故宮三寶） ···096

Chapitre 6

Les Sources chaudes （溫泉文化） ······099

1. La Source chaude de Beitou （北投溫泉） ······102
2. La Source chaude de Wulai （烏來溫泉） ······104
3. La Source chaude de Jiaoxi （礁溪溫泉） ······105
4. La Source chaude de Guguan （谷關溫泉） ······105
5. La Source froide de l'île Verte （綠島冷泉） ······106

Chapitre 7

Le Paysage naturel （自然景觀） ······107

1. La Montagne d'Ali（阿里山）et la Montagne de Jade（玉山） ······110
2. Les Gorges de Taroko （太魯閣） ······112
3. Sun Moon Lake （日月潭） ······113
4. Le Géoparc de Yehliu （野柳地質公園） ······114

Chapitre 8 Le Royaume des couleurs et des parfums

（色彩與香氛王國）   ⋯⋯117

  1. Quelques mots sur le climat （氣候）   ⋯⋯126
  2. La Flore sauvage （花朵）   ⋯⋯127
  3. Les Arbres et arbustes à fleurs （花果樹）   ⋯⋯131
  4. La Marée de fleurs （花海）   ⋯⋯142
  5. Les Parcs et les jardins （公園和花園）   ⋯⋯143
  6. Les Marchés aux fleurs （花市）   ⋯⋯150
  7. Les Expositions florals （花展）   ⋯⋯151

Chapitre 9 La Modernité （現代性）   ⋯⋯157

  1. La Tour 101 （101 大樓）   ⋯⋯160
  2. Le Métro de Taipei （臺北捷運）   ⋯⋯161
  3. Hsinchu, centre de recherche et d'industrie électronique
    （新竹科學園區）   ⋯⋯163
  4. Les Animaux domestiques （寵物）   ⋯⋯163

Chapitre 10 La Vie nocturne （夜生活）   ⋯⋯165

  1. Les Dépanneurs de 24h/24 （24 小時便利商店）   ⋯⋯168
  2. Les Marchés de nuit （夜市）   ⋯⋯170
  3. Les Karaokés （卡拉 OK）   ⋯⋯172

Références Bibliographiques （參考資料）   ⋯⋯173
Crédit photo （圖片來源）   ⋯⋯175

Les Fêtes
節慶文化

節慶文化

藉由節慶與習俗，最容易窺探一個國度的文化，因此，我們在第一章就呈現臺灣的重要節慶，以便了解在地的國民精神。

1. 農曆新年

每年年初，怪獸「年」在晚上會跑出來蹓躂，人們嚇得趕快躲回家。在家能幹嘛呢？豐收年當然就是吃喝玩樂了，中國北方要吃餃子，因其形如元寶，可招財進寶；那麼該如何趕走惡運呢？放鞭炮是個好辦法。再者，初一不能掃地，否則好運都掃光了，就算摔破杯碗，也得暫時留在家中，「歲歲（碎碎）平安」嘛。此外，一直到初十五（元宵節），才算過完年，除了吃元宵（湯圓）外，小孩會提燈籠遊街，不過現在已由大型燈會及放煙火取代了。北部平溪喜歡放天燈求平安，南部臺南鹽水則愛放蜂炮驅邪消災，此外，臺東的炸寒單也很熱鬧。

2. 清明節

「清明時節雨紛紛，路上行人欲斷魂。」清明節是個慎終追遠的時節，子孫藉機團聚，一起踏青，並到祖先墳前掃墓。然而大家同時前往必定大塞車，政府的免費掃墓專車倒是解決不少交通問題。若小朋友能齊聚，畫現代版的「清明上河圖」，好耶！小提醒：不要將清明節與鬼月搞混了喔！

3. 端午節

端午節又名「端陽節」，甚至「粽子節」，除了吃粽子、划龍舟、祭屈原，天氣熱起來，防蟲消毒也很重要，可以買香包、掛菖蒲或艾草、喝雄黃酒、

貼五毒符等來歡迎夏日來臨。

4. 七夕情人節

　　義大利有個神父 Valentino 為私定終身者見證，結果犧牲性命；東方則有淒美的牛郎織女故事，西王母大針一劃，兩人一年只能相會一次……總之，商家可是節日多多益善，再加個白色情人節也不嫌多。

　　不過還有一個詭異的節日「中元節」也在農曆七月，那是用來紀念孤魂野鬼的「好兄弟」，一般七月諸事不宜，包括婚喪喜慶、游水登山、搬家購屋等。信者恆信，但也不必庸人自擾之。

5. 中秋節

　　秋高氣爽，是遠足野餐的好時機，老祖宗編出來的「后羿射日」、「嫦娥奔月」、「吳剛和玉兔」還有「八月十五殺韃子」等故事都很有趣，原來古代夫妻也是有怨偶的，「捲寶潛逃」事件也時有之；奧地利有密報土耳其大軍壓境的愛國麵包師，中國則有藉月餅塞紙條傳訊息的故事，真妙！月餅如今口味日新月異，舉凡有奶黃、紅棗、五仁等傳統口味，現在還有巧克力、冰淇淋、榴槤口味，但「貴鬆鬆」呀！倒是和親友聚在一塊兒烤肉加賞月，非常流行，只是當晚四處都是「一家烤肉萬家香」，不見得很環保。

Les Fêtes

C'est à travers les fêtes et les coutumes que l'on peut connaître un pays, une culture. Ici, nous ne présentons que les fêtes les plus importantes de Taïwan afin de mieux cerner l'âme et la mentalité Taïwanaises.

1. Le Nouvel An chinois（農曆新年）

Cette fête remonte à l'antiquité. Nian（　年　）était à l'origine le nom d'un monstre qui, selon la légende, venait rôder, une nuit par an, autour des villages. Les habitants restaient vigilants en veillant jusqu'à son départ au petit matin.

Lors du réveillon du nouvel an, certains membres de famille s'occupent à jouer au mahjong（麻將）ou aux cartes, les autres à la distribution d'étrennes contenues dans des enveloppes rouges[1], ou à l'allumage de pétards pour chasser les mauvais esprits.

L'avant-veille, on affiche des souhaits écrits sur le papier rouge, symbole de chance, à la porte d'entrée. Il s'agit des caractères auspicieux comme bonheur（fu）, printemps（chun）[2], ou bien des vers qui nous portent bonheur.

Le soir, la famille se retrouve devant la télé pour grignoter bonbons, biscuits, pépins, fruits secs, etc. La nourriture consommée lors du réveillon symbolise la réunion de la famille, le bonheur, la prospérité et la

L'enveloppe rouge pour le Nouvel An

---

1   Attention: n'offre jamais une enveloppe blanche car elle est pour le décès.
2   Certains mettent ces caractères à l'envers, cela signifie que le bonheur est arrivé（福到）, le printemps est arrivé（春到）!

Tirer des pétards pour chasser de mauvais esprits

santé. Les raviolis, emblème de prospérité, surtout au nord de la Chine, sont très prisés au moment du dîner de réveillon, et la fondue aussi, symbole de l'heureuse réunion familiale. Si ces plats sont très appréciés de nos jours, c'est aussi pour des raisons pratiques, car ils ne nécessitent pas beaucoup de temps et sont faciles à préparer, surtout pour ceux ou celles qui travaillent. Il y a beaucoup de familles qui vont carrément à un bon restaurant ou acheter des plats à emporter, chacun sa façon de fêter cette fête la plus importante de l'année.

Le feu est un élément incontournable du Nouvel An chinois, il sert à chasser les monstres, c'est pourquoi on aime aussi lancer des pétards dans la rue, notamment à minuit pile, pour accueillir la nouvelle année.

Dès l'aube du 1er janvier lunaire, certains se précipitent pour aller au temple, parce qu'on considère que plus la visite au temple est précoce, plus on aura de la chance dans l'année. La 1ère journée est théoriquement consacrée aux visites, à commencer par les personnes les plus importantes (parents aînés, supérieurs hiérachiques). De nos jours, le téléphone (ou plutôt le portable) est largement utilisé pour souhaiter bonne année; ça tombe bien, car certains (surtout les jeunes) préfèrent faire la grasse matinée chez eux ce jour-là.

Le 1er jour de l'année, on doit théoriquement porter des vêtements neufs, de préférence rouges, couleur de la vie heureuse. À notre époque, ce n'est plus forcément usage car on peut porter de nouveaux habits tous les jours. De surcroît, on ne fait pas de ménage et si l'on balaye des détritus tombés par terre, il ne faut pas les déposer à l'extérieur car cela signifie une perte. En effet, les choses cassées sont censées nous apporter la paix（歲歲平安）, il vaut mieux donc les garder à la maison[3].

---

3 En chinois, le mot « cassé »（碎）se prononce comme « année »（歲）.

2. Le Jour des Ancêtres（清明節）

Le Jour des Ancêtres, autrement dit le Jour de Chingming, sorte de Toussaint chinoise, tombe généralement le 5 avril. C'est une journée consacrée à visiter les tombes, nettoyer les sépultures et honorer les proches disparus.

Ce jour-là, on met des offrandes, un bouquet de fleurs devant la tombe, on allume de l'encens et on brûle des papiers funéraires (qui font office d'argent d'outre monde) pour que les ancêtres puissent vivre aisément au ciel.

À Taipei, pour éviter les embouteillages, la mairie a pris la mesure de conduire gratuitement les citoyens à la destination en navette.

Petit rappel : ne confondez pas le Jour des Ancêtres avec le Mois des fantômes !

3. La Fête du Dragon（端午節）

La Fête du Dragon est célébrée le 5 mai lunaire. Une des coutumes les plus emblématiques de cette fête est la course de bateaux en forme de dragon.

D'où vient cette coutume ? Elle est associée au nom de Qu Yuan（屈原）, poète de la Chine ancienne, qui se jeta dans le Fleuve Miluo（汨羅江）en signe de protestation contre la corruption de la cour. Depuis son suicide, des bateliers vo-

Le concours de bateaux-dragons

lontaires sillonnent le fleuve afin de retrouver son corps; ils rament le plus vite possible de sorte à effrayer les poissons qui risquent de s'emparer de la chair du poète. En plus, afin de retrouver son corps intact, les riverains jettent dans le fleuve des gâteaux de riz（粽子），

Le fameux gâteau de riz

sucrés ou salés, emballés avec des feuilles de bambou, pour nourrir les poissons. Voilà l'origine du concours de bateaux-dragons, très aimé par nos amis étrangers, ainsi que celle de la tradition de déguster des gâteaux de riz pendant cette fête. Mais faites attention à ne pas tomber dans l'eau, sinon, vous risqueriez d'y glouglouter...

Ce jour-là, on a également l'habitude de porter de petits sachets remplis de plantes aromatiques（香包）: ils servent à éloigner les démons et à soigner de petits malaises. Avant la fête, on voit les marchands ambulants en vendre dans la rue. Cela vous fait-il penser à la vente des muguets dans la rue le 1er mai ?

4. La Saint-Valentin chinoise （七夕情人節）

La Saint-Valentin chinoise tombe le 7 juillet du calendrier lunaire. Cette fête est inspirée d'une histoire d'amour entre un bourrier（牛郎）et une tisseuse（織女）.

La Reine-Mère d'Occident（西王母）qui dirige les déesses et les fées au palais céleste s'aperçut qu'un simple mortel eut l'audace d'épouser la fée tisseuse ! Furieuse, elle prit son épingle à cheveux et grava une large rivière argentée（銀河，Voie Lactée）dans le ciel pour séparer éternellement les deux amoureux. Depuis, par pitié pour cet amour impossible, une fois par an, les pies des quatre coins du globe se réunissent le 7 juillet en formant un pont afin que les amoureux puissent se retrouver pour une nuit.

Ce jour-là, les jeunes amoureux n'oublient pas de s'offrir des cadeaux ou sortir pour un tête-à-tête. En réalité, les plus grands gagnants sont plutôt les patrons des magasins !

5. La Fête de la Lune（中秋節）

La Fête de la Lune fut, au début, une fête agricole en automne, lorsque les cultures étaient moissonnées, les fruits mûrs et le temps bien agréable. Les agriculteurs profitent de ce moment pour exprimer leur gratitude au ciel et à la terre. Elle a lieu le 15 août lunaire, le soir, en pleine lune, symbole des récoltes abondantes de l'année.

Lors de cette fête, on raconte diverses légendes, parmi lesquelles l'histoire de Chang'e（嫦娥）et Hou Yi（后羿）est la plus connue : Dans l'antiquité, il existait 10 soleils ; un héros herculéen Hou Yi eut l'audace de tirer 9 soleils à l'arc. Suite à cet exploit sans précédent, on le sacra roi. Arrivé sur le trône, il devint tout à coup

▪ Le gâteau de lune accompagne le pamplemousse taïwanais

un véritable tyran. Son épouse Chang'e n'en put plus, elle s'en alla vers la lune, avec l'élixir que son mari venait de posséder. Quand on voit les ombres dans la lune, on dirait que c'est elle, accompagnée à jamais par un lapin de jade ainsi qu'un bûcheron qui s'appelle Wu Gang（吳剛）.

À la tombée de la nuit, les gens aiment aller au parc contempler la pleine lune en mangeant des gâteaux de lune （月餅）, en dégustant un pamplemousse local et même en faisant un barbecue ! Pourquoi fait-on un barbecue ce soir-là ? En effet, il faut savoir que dans les années 1990, une publicité de la sauce de soja ---- Wan Jia Shian （萬家香，dix mille familles parfumées）---- est passée à la télé juste avant la Fête de la Lune ; elle a remporté un grand succès commercial. Or, comme la sauce de soja est un ingrédient incontournable pour faire des grillades, cette année-là le succès de cette publicité avait relancé ce mode de consommation qui est devenu depuis une coutume liée au jour de la Fête de la Lune. Voilà, le hasard fait bien les choses…

Chapitre 2

Les Traditions folkloriques

民俗傳統

民俗傳統

．．．．．．．．．．．．．．．．．．．．．．．．．．．．．．．．．．．

　　所謂臺灣文化，它實則是儒家文化、漢文化、日本、歐洲、美國再加上原住民文化的混合體，既傳統又現代。我們可從一些圖騰、符碼、禁忌略窺一二。

1. 鬼月十大禁忌

　　農曆七月俗稱「鬼月」，不宜嫁娶、搬家、戲水，還有一些忌諱，值得一提。

(1) 夏天少去河川或海邊，小心當替死鬼。

(2) 飯碗裡別插筷子，除非你想找好兄弟聚餐。

(3) 別躲起來吃供品，偷吃幽靈的食物會帶來惡運。

(4) 勿撿地上的紅包，那是給陰間朋友的。

(5) 不要踐踏紙錢，這不太禮貌喔。

(6) 不可對死者出言不遜，這是一種褻瀆。

(7) 千萬別在床頭掛風鈴，這形同招魂。

(8) 晚上別晾衣服，以免引來阿飄。

(9) 墓仔埔也敢去？別鬧了。

(10) 晚上吹口哨壯膽？活得不耐煩了嗎？

2. 基隆法軍公墓

　　基隆中正公園裡有條小徑通往清代的「二沙灣砲臺」，聽說當地夜晚靈異事件頻傳，會聽到軍隊操練或廝殺聲。基隆法軍公墓是十九世紀末清法戰爭後所建的，這些法國英靈流落異鄉，臺灣人發揮博愛精神，每逢中元節（農曆七月十五日）會奉上他們應該會喜歡的供品，如紅酒、法棍麵包，以解其

思鄉之情？

3. 尋求幸福或迷信？

誰不想趨吉避凶？尤其對婚姻大事，人們寧可信其有，非要挑個黃道吉日，避開所有的惡兆，以下幾點可供參考：

(1) 不可和家人分梨子，因為「分梨」和「分離」諧音。

(2) 不送別人刀子，除非你想和對方一刀兩斷。

(3) 勿贈送扇子和雨傘，同樣是因為諧音：「扇、傘」和「散」。

(4) 贈送鐘也不行，因為「送鐘」和「送終」諧音。

(5) 別送菊花給女生，除非你想詛咒人家。

(6) 數字 4 和「死」音相近，所以醫院、旅館多無四樓。

(7) 數字 6 諧音「祿」。

(8) 數字 8 諧音「發」。

(9) 數字 9 諧音「久」。其實，數字 3（諧音「生」）、6、8、9 都是好數字。因此，挑上列幾個數字在車牌或電話號碼中是要加收費用的。

4.12 生肖

12 生肖有點類似西方的星座，他們以月份為單位，我們則看流年。不過若干動物象徵略有出入，例如我們的龍並非怪獸，是吉祥物；蛇，又稱小龍，還有《白蛇傳》增添的淒美效果；老虎是勇敢的象徵，並不殘忍，「虎毒不食子」。你想要間接得知某人年齡嗎？一個小技巧：詢問他的生肖。通常我們可算出他的年紀，或者是你也可以假裝少算一輪（12 年），以此來誇讚對方很年輕。

(1) 鼠：自主及神祕

(2) 牛：具耐心及恆心

(3) 虎：勇猛與大膽

(4) 兔：謹慎和細膩

(5) 龍：企圖心強又充滿活力

(6) 蛇：具智慧、有教養

(7) 馬：善於社交、主動

(8) 羊：具藝術氣息又審美觀念

(9) 猴：熱心、創造力強

(10) 雞：榮譽第一，懂得引人注意

(11) 狗：忠誠、富正義感，現實並有邏輯

(12) 豬：個性沉穩、樂於助人

5.客家人

　　每年 3 月至 5 月，會舉辦桐花祭，展現客家文化特色，當然美食、手工藝不可少：湯圓、粄條、梅干扣肉、擂茶、陶瓷器、手工包包……還有客家戲曲表演。也許你有所不知，臺灣還有客語版的《小王子》[1] 呢！

6.臺灣原住民

　　臺灣原住民最早可能於 3000 年前來自中國西南方，其發展可分為五個時期：殖民期前、荷蘭與西班牙殖民期、鄭成功與清治理時期、日本殖民期、民國時代。目前官方認定了 16 族，人數最多者為阿美族[2]（166,769 人）、排灣族（81,123 人）和泰雅族（79,024 人）。

　　原住民在歌唱和舞蹈方面表現傑出，如郭英男和郭秀珠兩人的原民歌聲即藉 1996 年亞特蘭大奧運之際，傳播到全世界；萬沙浪、高金素梅、張惠妹、沈文程、動力火車、徐佳瑩等原住民歌手在華、台語歌壇上亦大放異彩。電影方面，導演魏德聖於 2011 年執導的《賽德克・巴萊》，榮獲第 48 屆金

1　《小王子》（Le Petit Prince）是法國作家聖・修伯里（St. Exupéry）寓言式的文學作品。
2　阿美族為母系社會，族裡頭目為推舉出的男性，但遺產則由女性繼承。

馬獎最佳劇情片獎及觀眾票選最佳電影獎，並將賽德克族抗日的可歌可泣故事公諸於世。

又，或許有些人不知道，原住民中有黥面文化者，僅有泰雅族、賽德克族和太魯閣族，現存有黥面之長者不超過 7 人！其實，那是榮譽和美麗的印記。然而，早期漢人渡海來臺，卻誤以為那是因犯罪遭黥刑而烙下的痕跡，好大的誤會。至於穿丁字褲的是哪一族呢？達悟族啦！

Les Traditions folkloriques

La culture taïwanaise est un mélange de cultures confucianiste, chinoise, japonaise, européenne, américaine ainsi que celle des aborigènes, souvent perçu dans un sens à la fois traditionnel et moderne.

1. Les 10 tabous du Mois des fantômes（鬼月十大禁忌）

Le 7ème mois du calendrier lunaire est nommé également le Mois des fantômes. Pour ceux qui auraient tendance à prendre ce monde mystérieux à la légère, il vaut mieux y croire et respecter la sagesse du culte de nos ancêtres[3]. Voici les 10 tabous qui nous servent de référence :

(1)　Evitez de vous baigner dans la rivière ou dans la mer ce mois-ci, sinon, le fantôme aquatique（水鬼）attrapera la victime afin de se réincarner en elle.

(2)　Il est inadmissible de planter les baguettes dans le bol de riz, vous risqueriez d'inviter un ami fantôme à partager la nourriture à la maison.

(3)　Ne prenez pas en cachette la nourriture qui sert d'offrande, voler la nourriture d'un fantôme risque de vous porter malheur.

(4)　Défense de ramasser à terre de l'argent ou des enveloppes rouges, car c'est pour « les copains »（好兄弟）, surnom des fantômes.

(5)　Il ne faut pas marcher sur les billets funéraires（紙錢）, **car ils représentent** l'argent dans l'au-delà.[4]

(6)　Ne prononcez jamais de paroles ou de pensées irrespectueuses lorsque vous êtes en présence d'un défunt, car c'est un blasphème.

3　Comme dit le Confucius : Il ne faut pas profaner.（子不語怪力亂神。）

4　Selon un vieux dicton : « Plus on brûle des billets funéraires, plus nos ancêtres sont riches ! ». Aujourd'hui, pour des raisons d'écologie on brûle moins de papiers. Au lieu d'imprimer ces billets en dollars taïwanais, certains le font en dollars américains ou même en euros !

(7) Il est formellement interdit d'accrocher une cloche à vent（風鈴）sur votre tête de lit, car cela attirerait les mauvais esprits.

(8) Ne faites pas sécher vos vêtements le soir, car leurs ombres peuvent faire peur aux gens.

(9) Quelle drôle d'idée de se promener le soir dans des endroits désertiques ! Vous risqueriez d'y rencontrer des fantômes inconnus.

(10) Ne sifflez pas la nuit, il se peut que les fantômes viennent vous tenir compagnie.

2. Le Cimetière français de Keelung （基隆法軍公墓）

En 1884, les troupes françaises, dirigées par l'amiral Courbet（孤拔將軍）, ont débarqué à Formose. C'était un combat sanglant, dont le résultat fut même la chute du gouvernement Ferry.

Les 700 officiers soldats et marins français décédés n'ont pas pu retourner dans leur pays natal, par conséquent, ils reposent dans un cimetière à Keelung. A l'origine, seule la population locale venait y déposer des offrandes et prier à l'occasion. Depuis 2014, le maire de Keelung organise une commémoration collective de ces militaires français le 15 juillet lunaire, journée pour consoler et commémorer les morts sans famille. Etant donné que les défunts pour qui on prie sont des Français, au lieu de déposer devant leurs tombes du poulet, du canard et du poisson, on a la gentillesse d'y déposer exprès du vin rouge et des baguettes, alimentation de leur pays natal. Sympa !

3. La Recherche du bonheur ou la superstition ? （尋求幸福或迷信？）

Qui ne souhaite pas mettre toutes les chances de son côté pour éviter le malheur（趨吉避凶）?

Prenons le mariage comme exemple : afin de déterminer la date propice au

Pas de 4ᵉᵐᵉ étage à l'hôpital

mariage, on se fie normalement au calendrier jaune（黃曆）. Même de nos jours, cette règle est encore impérativement respectée. Lors du mariage, on ne sert jamais de poires, car le mot « poire » est l'homonyme de « séparation » ; ce serait de mauvais augure pour les jeunes mariés.

On n'offre jamais un couteau ou des ciseaux à nos amis, cela signifie la coupure ; ni un éventail ou un parapluie (également homonyme de « séparation »). Pire encore, une horloge, car cela veut dire « mettre fin à sa vie »（送終）[5]! Vous voyez, les Taïwanais adorent les jeux de mots. À propos, abstenez-vous aussi d'envoyer un bouquet de chrysanthème à une femme sauf si vous souhaitez sa mort !

Il faut savoir également qu'à Taïwan chaque chiffre est connoté. Par exemple, le 4, le chiffre le plus défavorable, se prononce comme « la mort » en chinois, c'est pourquoi on ne trouve pas de 4ᵉᵐᵉ étage dans les hôtels, ni dans les hôpitaux ! Par contre, 1314（一生一世）, l'icône de la vie éternelle des jeunes mariés. Ici, le

---

5   Certes, l'horloge londonienne est connue dans le monde entier, mais ce n'est pas une bonne idée d'en offrir une miniature à des sinophones.

chiffre 4 ne porte guère malheur. En revanche, le 6 signifie « la fortune »（祿）, le 8 la prospérité（發）, quant au 9, la longévité（久）. Maintenant, vous comprenez pourquoi on aime bien les plaques d'immatriculation de voiture ainsi que les numéros de téléphone portant ces trois chiffres.

4. Les 12 signes de l'horoscope chinois（12 生肖）

Le 1ᵉʳ calendrier astrologique est apparu sous le règne de l'Empereur Huang（黃帝）au 3ᵉᵐᵉ millénaire avant Jésus-Christ. Les 12 animaux de l'horoscope appartiennent à la tradition chinoise. Issus du folklore, ils ont normalement une image rattachée à la nature de chaque animal, sauf quelques-uns, dont la perception est différente de celle qu'ils ont dans les pays occidentaux. Par exemple, le Serpent, surnommé le petit dragon, n'est pas si méchant aux yeux des Chinois : il symbolise la sagesse. Le Tigre non plus n'est pas considéré comme une bête cruelle, mais comme le défenseur des marginaux.

Puisqu'il existe 12 signes, l'astrologie chinoise suit un cycle de 12 ans, de la même façon que l'horoscope occidental suit un cycle de 12 mois. Une petite astuce : voulez-vous connaître l'âge d'une personne sans le lui demander ouvertement ? Demandez-lui quel est son signe chinois. En principe, on ne se trompe pas, ou bien, vous pouvez faire semblant de vous tromper d'un cycle – en compter un de moins – afin de faire plaisir à votre interlocuteur/interlocutrice en le/la rajeunissant !

Notons, par ailleurs, que les 12 signes de l'horoscope chinois constituent toujours un sujet de conversation universel, qui plaît à tout le monde. Voici les principales caractéristiques de chaque signe :

(1) Le Rat :

Autonome et secret, vous savez vous faufiler dans la vie en évitant les obstacles. Vous n'hésitez pas à sortir des sentiers battus pour atteindre vos objectifs. Vous savez vous montrer charmeur et séduire les autres lorsque la situation le demande.

(2) Le Buffle :

Patient et persévérant, vous savez mener tous vos projets à terme. Lorsqu'une idée vous tient à coeur, rien ne peut vous faire changer d'avis. Courageux, vous agissez avec sang-froid face aux difficultés. Rancunier, si l'on vous trompe, votre vengeance pourrait être démesurée.

(3) Le Tigre :

Fonceur et audacieux, votre instinct vous guide face aux obstacles. Vous aimez les aventures, mais vous n'aimez pas les ordres ni les limites qui entravent votre liberté. Vous désapprouvez toujours toute compromission.

(4) Le Lapin :

Discret et raffiné, vous rêvez de sérénité et d'harmonie, et vous adorez la douce sécurité de votre terrier. Votre capacité d'écoute et le regard lucide que vous portez sur le monde sont vos atouts dans la vie.

(5) Le Dragon :

Ambitieux et énergique, vous avez besoin de défis perpétuels. Vous appréciez le spectacle, en particulier lorsque vous en êtes la star ; par contre, vous n'aimez pas recevoir les ordres et vous avez tendance à oublier de prendre en compte l'avis de vos proches.

(6) Le Serpent :

Surnommé le petit dragon. Sage et cultivé, vous aimez les sujets philosophiques, métaphysiques et abstraits. Vous avez le génie de faire en 3 minutes ce qui demande aux autres des heures de travail.

(7) Le Cheval :

Sociable et actif, vous aimez rencontrer de nouvelles personnes et partager vos émotions avec vos proches. Vous vivez au triple galop. La découverte de nouveaux horizons est votre dada. A la fois indépendant et imprévisible, vous surprenez par la rapidité et la détermination de vos décisions.

(8) La Chèvre :

Artiste dans l'âme, vous portez sur tout un regard d'esthète. Vous vivez dans un univers de fantaisie, loin des préoccupations matérielles. Vous détestez les travaux fastidieux. Intuitif et créatif, vous savez charmer les autres par votre grâce et votre délicatesse.

(9) Le Singe :

Enthousiaste et inventif, vous avez de multiples talents. Insaisissable, on ne sait jamais ce que vous pensez. Surprenant, vous n'hésitez pas à faire un numéro pour obtenir l'objet de votre désir. Vous supportez mal l'ennui, c'est la raison pour laquelle vous entreprenez mille projets à la fois.

Coq 酉

(10) Le Coq :

Vous aimez les honneurs et les médailles, en conséquence, vous savez attirer l'attention. Engagé, vous vous battez pour défendre vos opinions. Le rôle de chef de famille vous convient, vous adorez protéger vos enfants et vous occuper d'eux.

Chien 戌

(11) Le Chien :

Réaliste et logique, vos jugements sont souvent directs et pertinents. Vous connaissez le prix à payer pour toute chose, impossible de vous tromper. Fidèle et loyal, vous ne supportez aucune injustice. Généreux, vous faites plaisir à vos proches et les entourez d'attentions.

Cochon 亥

(12) Le Cochon :

Calme et serviable, incapable de mentir. Vous aimez prendre en charge les problèmes de votre entourage pour les résoudre, mais vous n'aimez pas les disputes. Responsable, vous assumez vos réussites comme vos échecs. Le cochon incarne la prospérité familiale.

5. Les Hakkas（客家人）

Les Hakkas sont probablement les plus anciens habitants chinois de Taïwan, originaires du nord de la Chine ; persécutés, ils se sont réfugiés sur l'île, notamment à Taoyuan（桃園）, Hsinchu（新竹）et Miaoli（苗栗）.

Ils ont développé la culture de la canne à sucre, du thé, du riz et le commerce avec la Chine. On estime qu'aujourd'hui 15% des Taïwanais parlent Hakka, une langue similaire au cantonais.

La cuisine Hakka, à base de pâtes de riz, de porc au Mékan（梅干扣肉）, ou encore de boulettes de riz, est un délice. De mars à mai, les Hakkas organisent le Festival de Fleurs de Tung（桐花祭）, pour fêter le passage du printemps.

Petite remarque : savez-vous qu'il existe une version du « Petit Prince » traduite et publiée en Hakka à Taïwan ? Eh oui, ça existe !

6. Les Aborigènes de Taïwan（臺灣原住民）

Les autochtones de Taïwan（臺灣原住民）sont les plus anciens occupants de l'île. On estime qu'ils représentaient environ 510,000 personnes en 2011, soit 2% de la population. Ils seraient venus du sud-est de la Chine. Leurs langues appartiennent à la famille austronésienne, qui comprend aussi les langues des Philippines, de Malaisie, d'Indonésie, de Madagascar et d'Océanie.

D'après les critères établis par la Culture Austronésienne des Peuples Indigènes（原民會）, le gouvernement reconnaît 16 groupes ethniques, parmi lesquels Ami (166,769), Paiwan (81,123), Atayal (79,024) sont les plus nombreux.

À travers les siècles, différents agents confucéens ou chrétiens ont cherché à intégrer les aborigènes de Taïwan à des programmes civilisateurs aux buts divers. Quant à leur histoire écrite, nous pouvons distinguer 5 époques : avant la colonisation étrangère, l'ère hollandaise et espagnole, l'ère de koxinga（國姓爺）et de la Dynastie Qing, l'ère japonaise, l'ère de la République de Chine, Taïwan.

Sur l'île de Taïwan, on trouve de nombreux sites archéologiques correspondant à diverses cultures. La plus vieille découverte concerne la culture de Changbin（長濱文化）. Le nord de l'île fut le berceau de la culture de Shisanhang（十三行）, le sud-est celui des cultures de Peinan et Quilin（卑南、麒麟）. Cependant, les liens directs qui relient ces différentes cultures aux groupes autochtones actuels restent difficiles à établir, à cause du manque d'archives historiques.

(1) Ami（阿美族）

Parmi les 16 groupes autochtones officiellement reconnus, les Amis ont toujours été les plus nombreux, ils sont depuis longtemps en contact direct avec la population Han. Le nom Ami signifie « nord », mais les membres de ce groupe vivent dans l'est et le sud de l'île ; ils

Le Festival chez les Amis

parlent l'amis, une langue du sous-groupe formosan des langues austronésiennes.

C'est une société matriarcale. Autrefois, l'ensemble des groupes masculins mené par un chef élu décidait des grandes affaires de la tribu, mais les familles étaient matrilinéaires, l'héritage se transmettait normalement aux filles. Après le mariage, le gendre devait même travailler pendant un ou deux ans pour la famille de son épouse.

Les femmes amies prenaient en charge de la fabrication de la poterie à la spatule et au couteau. Le costume traditionnel se composait de vêtements brodés, et les coiffes ornées de plumes ou de fleurs complétaient les costumes d'apparat[6]. Les pièces de vêtement anciennes sont rarissimes, beaucoup sont abritées dans des musées, à Taïwan et à l'étranger. Au Canada, le Musée royal de l'Ontario possède une collection de vêtements aborigènes de Taïwan constituée au 19e siècle par George Leslie Mackey (1844-1901). Le missionnaire canadien passa en effet la seconde moitié de sa vie à Formose, souvent au contact des aborigènes du nord de l'île. Nous avons même un hôpital qui porte son nom en commémoration de ses bienfaits.

---

6   En faisant attention aux dessins de ces décorations, on sera surpris d'y trouver certaines traces folkloriques suisses ! C'est parce qu'une sœur suisse a aidé les Amis à restaurer leurs anciens costumes en rajoutant un peu de ses propres idées.

(2) Les Points forts de toutes les tribus（各族群亮點）

Tout comme les danses, les chants jouaient un rôle important dans la culture des aborigènes, chaque groupe masculin avait ainsi le sien propre. Un chant Ami **(une sorte de chanson à boire des anciens) interprété** par Difang（Kuo Ying-Nan, 郭英男）et sa femme Igay（Kuo Hsiu-chu, 郭秀珠）a été **intégré dans « Return to Innocence » du groupe Enigma, l'un des thèmes des Jeux Olympiqu**es d'Atlanta, en 1996. Pour la petite histoire, leur voix avait été enregistrée à leur insu lors du passage de leur troupe à Paris en 1988. Magic Stone, la société produisant leurs disques, a obtenu à l'amiable que leur nom soit cité dans l'album d'Enigma. Par ailleurs, une somme destinée à la conservation du patrimoine musical Ami a été versée par la compagnie EMI.

En 2019, le service du district de Hualien, qui dépend du ministère de l'Agriculture, a confié à une douzaine de personnes une mission d'étude de la flore de la région et de son utilisation dans la médecine populaire locale. Ainsi, les Amis de la région ont regardé d'un œil nouveau leur environnement et leur histoire.

Quant aux tatouages faciaux, seuls les Atayal, les Ta**roko (Truku) et les Seedeq (Seediq) les pratiquaient ; C'était un symbole de fierté et d'honne**ur pour eux. Mais les premiers immigrants Han ont confondu cette coutume avec une forme de punition qui était appliquée dans la Chine ancienne à certains criminels. Les occupants japonais, quant à eux, les appelaient « les barbares de la forêt ». Aujourd'hui, il ne reste plus que 7 personnes au visage tatoué, et la plus jeune a déjà plus de 90 ans !

Parlons aussi du succès du Studio Lihang au cinéma : Yuma Taru, experte dans le domaine vestimentaire des aborigènes, a aidé le metteur en scène Wei Te-sheng（魏德聖）à réaliser des costumes guerriers pour Seedeq Bale（賽德克‧巴萊），histoire de la répression violente par les Japonais du soulèvement des Seedeq en 1930.

(3) La Condition actuelle des aborigènes（原住民現況）

Les aborigènes de Taïwan font face, à présent, à des difficultés économiques et sociales, notamment en raison d'un niveau d'éducation inférieur à la moyenne et d'un fort taux de chômage. Cependant, depuis les années 1980, un certain nombre de groupes autochtones œuvrent activement en faveur d'une plus grande autonomie politique et d'un développement économique plus important de leurs communautés. Différentes manières d'encourager la survie et l'extension de la culture indigène sont employées : la résurrection de rites traditionnels, la participation renforcée au marché du tourisme et de l'écotourisme afin de favoriser une meilleure indépendance économique vis-à-vis de l'Etat, ou encore la tenue du Festival de la Culture Austronésienne chaque année à Taidung.

À la fin de l'année 1996, une nouvelle étape a été franchie avec la création du ministère des Affaires aborigènes（原民會）. Enfin, en 2005, des financements publics ont permis le lancement de la chaîne Indigenous Television（原民電視臺）, la première du genre en Asie, faite par et pour les aborigènes.

Le Festival des poissons volants chez les Yamis

第 3 章

Les Temples
廟宇

廟宇

∙∙

臺灣基本上是多神論，民間信仰自由，十步一大廟，五步一小廟，並不誇張，媽祖、菩薩、玄天上帝最常見，它們多為道教、佛教合體。其中神明，上至傳說的神仙，也有歷代的英雄人物。

1. 龍山寺

「龍山寺」並不只是寺廟名稱，它是中國東南沿海地區佛教的一個分支，源於福建晉江縣安海鄉。在臺北的龍山寺，是臺北最古老的廟宇，裡面有菩薩、註生娘娘，也可求取功名、求姻緣，總之，眾神皆拜，有拜有保佑。早期附近有寶斗里很多特種行業女子都會來上香求籤，但從 2020 年 3 月起，提倡不點香、不燒紙錢擲筊問卜，雙手合十即可；不過旁側的青草鋪子猶在，相信自然療法者不妨前往一探究竟。在臺灣，較著名的龍山寺有五座，分別在臺北萬華、淡水、彰化、臺南、鳳山。

2. 孔子廟

臺灣許多城市都有孔子廟，而最著名的就屬臺南和臺北這兩座，它們大致保持「左學右廟」的建築規格：左為明倫堂，乃過去學生上課處；右為大成殿，祭拜孔子的神位。值得稱奇的是，殿內無梁柱與迴廊，只用後牆外的排梁支撐。9 月 28 日教師節當天，市政府舉辦成年禮儀式，中學生會跳八佾舞[1]。以前還有拔牛毛（智慧毛）祈求聯考好運的活動，現在沒了，好家在，可憐的牛哥牛姐終於可以「一毛不拔」了。

1　八佾舞源自周朝，「八」是八個人的意思，「佾」的意思是「行列」，我們會看到舞者手持三根長羽毛跳舞。

3. 行天宮

三國時代桃園三結義之中的關公（關雲長）即為鎮殿之神，這是人類神格化的代表之一，商人崇敬紅面關公的義氣，亦奉為生意之神。它也是臺灣第一座為了環保而取消焚燒紙錢和香火的寺廟，提倡心誠則靈，雙手合十或擲筊杯即可。不放心的話，廟附近亦有不少算命屋，可供善男信女心靈上不少撫慰。

4. 吳鳳廟

從前有個傳說，早期原住民曾有取人頭祭祀天神的習俗。吳鳳是漢人，通曉原住民語，和他們很麻吉，但屢勸無效，最後只好告訴他們：某天會有個紅衣人經過某處，就殺了他吧，不過請將他當作最終的祭品。果然當日來了個紅衣人，然而取下頭顱後，他們才赫然發現，那竟是他們的好友吳鳳⋯⋯。

5. 延平郡王祠

臺南市的守護神就是大名鼎鼎的鄭成功，延平郡王的馬上英姿便為此閩式廟宇最大亮點。他雖然趕走荷蘭人，但紅髮碧眼的人像竟然穿上明朝朝服，在大門口當起守衛！此外，祠裡尚保留許多珍貴文物及史料。

6. 佛光山

佛光山是臺灣最大的佛寺，建造靈感來自古代印度埋葬佛骨的半球型墳墓卒塔婆，其大佛的肚身有八層樓高。值得一提的是，它也是臺灣第一間使用擴增實境（Augmented Reality，簡稱 AR）宣揚佛法的廟宇。而且星雲法師還創建了小學、大學、診所以及許多慈善單位。

Les Temples

Les temples sont de petits bijoux d'architecture traditionnelle à Taïwan. Il y a plusieurs siècles, les Chinois immigrés à Taïwan ont emporté avec eux des statues des dieux afin que ceux-ci leur procurent les plus grands bienfaits.

Voici quelques dieux que l'on trouve à Taïwan :

(1) À Dajia（大甲）, Ma Zou（媽祖，équivalent de Notre-Dame dans la région Min Nan）, se trouve au Palais Zen Nan（鎮南宮）. Chaque avril, Mazou quitte son logis, accompagnée par ses fervents croyants, et va faire un tour pour bénir les fidèles.

La Tournée de Ma Zou, accompagnée par ses fervents croyants

(2) À Chiayi（嘉義）, le dieu Shuan Tien Shang Di（玄天上帝）est considéré comme le gardien de la porte nord du ciel. Il a apprivoisé le serpent et la tortue. Il nous apprend aussi ce qu'est le respect de la vie des êtres humains.

(3) Le Grand Bouddha de la montagne de Baguashan（八卦山）se situe à Changhua（彰化）, il fait 30 mètres de haut, et comporte 6 étages à l'intérieur. Ce n'est pas un Bouddha de Chine, mais une nouvelle statue locale.

Ajoutons que certains humains comme, par exemple, Wu Feng（吳鳳）, Kuan Kung（關公）, Zheng Chenggong（鄭成功）même Chiang Kai Sheck（蔣介石）pourraient aussi être considérés comme des dieux.

Il y a beaucoup d'églises dans les pays occidentaux, des milliers de mosquées au Moyen Orient, quant aux pays asiatiques, on trouve partout des temples. Voici quelques-uns de ces temples qui méritent d'être visités à Taïwan.

1. Le Temple de Longshan （龍山寺）

En fait, il existe 5 temples de Longshan sur l'île ; parmi eux, le Temple de Longshan de Taipei, surnommé le Temple du Dragon, est le plus connu. C'est l'un des plus vieux temples de la capitale (plus de 250 ans) et, sans aucun doute, le plus visité. Il est consacré à la déesse de la miséricode（菩薩）, mais les croyants y vénèrent aussi d'autres divinités dont ils implorent toutes sortes d'aides : pour réussir aux examens, avoir

Le Temple de Longshan à Taipei

une brillante carrière, rencontrer l'âme sœur, donner naissance à de beaux bébés, etc.

À deux pas de cet endroit incontournable, se situe une charmante ruelle où on trouve de nombreuses herboristeries taïwanaises. Pour ceux qui croient à l'homéopathie ou à la médecine chinoise, cela vaut la peine d'y faire un petit tour.

2. Le Temple de Confucius（孔子廟）

Plusieurs villes à Taïwan possèdent un temple dédié à Confucius, le plus grand philosophe et maître chinois de tous les temps. Le plus ancien temple de Confucius se trouve à Tainan, il fut construit en 1665 par le fils de Koxinga（國姓爺，鄭成功）. Il est impossible de quitter la ville sans le visiter car ce temple est tellement beau, sobre et serein.

Quant au Temple de Confucius à Taipei, il est réputé pour ses supports décoratifs insérés entre le haut de la colonne et la poutre transversale. Il a été construit en 1884, style fukiénois, détruit au début de la colonisation japonaise (1895-1945) et reconstruit en 1939.

Le Temple de Confucius à Tainan

Le Palais de Hsing Tien

Chaque année, le 28 septembre, on célèbre à Taïwan l'anniversaire de Confucius, considéré comme patron des enseignants. Ce jour-là, le Bureau Municipal de la Culture organise une cérémonie pour célébrer la Fête des Professeurs. Mais il faut savoir que dans l'ancien temps, les festivités relatives à ce jour étaient beaucoup plus importantes. Les lycéens venaient présenter un spectacle de danse（八佾舞）sur le parvis du temple. Ils avaient également pour coutume de tirer les poils d'un taureau (amené sur place pour l'occasion), rituel qui était censée leur porter chance pour l'examen d'entrée à la fac. Ah ! Pauvre bête ! Heureusement cette pratique a été annulée maintenant.

3. Le Palais de Hsing Tien （行天宮）

Ce temple très fréquenté est consacré à Kuan Kung（關公，162-219），le célèbre général élevé au statut d'un dieu, personnage légendaire de l'époque des Trois Royaumes（三國時代）. Kuan Kung est un homme au visage cramoisi : qui a fait preuve de loyauté et d'honnêteté. Il est vénéré comme le dieu de la guerre ainsi que

Jeter les deux blocs de bois
La rue où les voyants se trouvent

le dieu du commerce.

L'architecture du nouveau temple, édifié en 1967, est très sobre. Un encensoir à la forme inhabituelle a été placé devant la grande salle : les deux anses ont la forme de dragons volants et les quatre faces sont décorées avec des têtes de dragon.

Ces années-ci, grâce aux nouvelles normes environnementales, il est défendu de brûler l'encens ainsi que les papiers funéraires dans ce temple ; il suffit de prier avec les mains jointes ou jeter les deux blocs de bois（筊杯）pour que le dieu puisse vous entendre. Si on veut en savoir plus sur son avenir, on peut s'adresser aux voyants qui se trouvent à proximité du temple : peut-être sauront-ils apaiser les ennuis de ceux qui en ont besoin.

4. Le Temple de Wu Feng（吳鳳廟）

C'est un temple qui est lié à une légende touchante. Wu Feng naquit en 1699 dans une famille de marchands de la province de Fukien. Arrivé très jeune à Taïwan, il étudia les coutumes et les dialectes des aborigènes. Il noua des liens avec ces derniers et servit d'interprète et de médiateur entre la communauté chinoise de la plaine et les tribus de la montagne.

Cependant, les aborigènes faisaient périodiquement des incursions dans la plaine afin de chasser les têtes qui servaient d'offrandes à leurs dieux. Wu Feng tenta en vain de convaincre ses amis aborigènes de cesser de pratiquer cette coutume. Finalement, il leur dit un jour : « Un cavalier en habit rouge va passer sur votre territoire, promettez-moi que ce sera la dernière tête que vous couperez. » Effectivement, un beau jour, les aborigènes aperçurent l'intrus en habit rouge et ils lui bondirent dessus. Quand ils lui eurent coupé la tête, ils découvrirent que c'était celle de leur cher ami... Pour commémorer ce personnage de légende hors du commun, on construisit un temple et les aborigènes abolirent dès lors la fameuse coutume de décapitation.

5. Le Temple de Yanping Junwang（延平郡王祠）

À l'intersection des rues Kaishan Road et Fukien à Tainan, la sculpture en pierre du roi du comté de Yanping à cheval regarde toujours majestueusement devant elle, en sa qualité de saint patron de la ville de Tainan. Dans le cœur de tous, le temple de Yanping Junwang est une architecture de Fukien qui mélange un peu de style japonais. La belle architecture de style Fuzhou accueille de nombreux touristes tous les jours. Ils naviguent sous la plaque de porte Sanchuan qui dit « sans précédent » , les huit dieux de porte peints en bleu sur les quatre façades du temple Yanping Junwang. L'apparence étrangère aux yeux bleus était due au fait qu'il était reconnaissant à Zheng Chenggong（鄭成功）[2] d'avoir chassé les Néerlandais, et c'était devenu un spectacle intéressant de laisser les étrangers porter les robes officielles de la Dynastie Ming pour garder à l'entrée du temple.

Le musée des reliques culturelles de Zheng Chenggong dans la région possède une collection de nombreuses reliques anciennes précieuses et de matériaux

---

2 Zheng Chenggong était un héros qui a amené de nombreux chinois à migrer à Taïwan afin de préparer la lutte contre les envahisseurs de Manchou (établis plus tard la Dynastie Qing).

historiques. Vous pouvez également y voir le sanctuaire japonais utilisé à l'époque. À partir de 1662, il est passé d'un petit temple commémorant Zheng Chenggong au temple de Kaishanwang. Le statut élevé de Zheng Chenggong peut être attesté à partir de divers documents historiques et vestiges culturels, du sanctuaire Kaishan pendant la Dynastie Qing jusqu'à l'actuel temple de Yanping Junwang.

6. Fo Guan Shan（佛光山）

Le Temple de Fo Guan Shan, considéré comme le plus grand monastère bouddhiste de Taïwan, est inspiré du stupa indien ainsi que du temple Mahabodhi en Inde. Nous y trouvons la plus haute Statue du Bouddha en

Le grandiose Fo Guan Shan

bronze au monde. En allant vers le fameux Bouddha, on admire les pagodes monumentales (huit étages) érigées des deux côtés de l'allée principale.

À part les Pagodes du Dragon et du Tigre, ainsi que l'Etang du lotus, Fo Guan Shan possède une galerie abritant des milliers de trésors historiques et culturels parmi lesquels figure un objet rarissime : une dent de Bouddha (il n'en existe que trois dans le monde entier). Il est à noter que c'est aussi le 1er temple qui utilise AR (réalité augmentée) pour démontrer la voie du bouddhisme.

Le Maître Hsin Yun（星雲大師，1927- ）a, au début, fait construire un temple nommé Shoushan（壽山寺）à Kaohsiung, mais celui-ci a pris une telle ampleur qu'on a été obligé de le transférer au lieu actuel qui mesure 194 hectares !

Par ailleurs, une institution de charité a été créée au sein du Temple Fo Guan Shan. Le Maître a fondé également une école maternelle, une université, une clinique ainsi que d'autres services miséricordieux.

第 4 章

La Gastronomie

舌尖上的文化

舌尖上的文化

臺灣食文化超級豐富多元，除了臺菜、中國菜的八大菜系，東北亞、東南亞菜色亦不遑多讓，號稱「美食王國」，一點也不為過。尤其自2017年起，臺灣美食更正式踏入米其林指南之列，目前計有臺北版與臺中版，老饕們可別錯過。

1. 食文化

(1) 火鍋

火鍋是好友和家人相聚時的絕佳選擇，冬天尤其暖胃，這道平民美食日新月異。由於火鍋店競爭激烈，花樣不斷翻新，甚至在等候入場前還有美甲服務，入座後的餘興節目則包括川劇變臉，噱頭十足。

a. 川味火鍋：號稱火鍋始祖，超麻超辣，早期是工人階級的美食，將一些食材丟入湯底而已，沒想到竟成了佳餚。

b. 清湯火鍋：它不辣，但十分甜美，因為鍋底加了枸杞和紅棗等中藥材，標準的養生鍋。

c. 涮羊肉：標榜其特具塞外風味，在中國北方很受歡迎，但有些臺灣人不喜歡重口味的羊肉。

d. 港式火鍋：以海鮮為主，令人想到馬賽海鮮湯，但味道清甜不渾；另外還有花椒豬肚火鍋，白湯芳香濃郁。

e. 日式涮涮火鍋：しゃぶしゃぶ（shabu-shabu）源自中國的「涮肉」，是把薄薄的肉涮一下就起鍋的擬聲語；口味較清淡，湯底為昆布與柴魚片。

(2) 小籠包

鼎泰豐原以油行起家，因生意日淡，轉行兼賣小籠包，它本是一件江南小吃而已，自從好評口耳相傳後，如今不僅亞洲人喜歡，歐美人士也很「哈」。

它最迷人之處，就是每顆要用小秤量到一般般，再加上黃金比例的 18 摺。2010-2012 年香港尖沙咀分店先獲米其林一顆星殊榮，2018 年起，餐廳在臺摘下米其林一顆星，成了標準的臺灣之光。其第一家海外分店於 2001 在上海開設，現在分店遍及歐、美、亞洲，共計有 131 家。此外，鼎泰豐設有「國際組」，通過語言考核後，工作人員再別上各國國徽，薪資方面可領外語加給喔！

(3) 黃豆食品

黃豆製的豆腐食品種類繁多，從不必烹煮的涼拌豆腐、皮蛋豆腐到麻婆燒的麻婆豆腐、甚至蒸炸兩相宜的臭豆腐，這些都是鹹食，但豆奶霜淇淋、冰淇淋則成了甜食，至於豆花和豆漿則鹹甜皆可，後者的頭號粉絲竟是乾隆皇帝，最佳飲品代言人可說是非他莫屬，因為他享壽89歲！由此可知喝豆漿可以延年益壽喔。如今臺北的 Starbucks 因應口味在地化，還賣豆漿咖啡呢；歐美有些超市也可以買到亞洲豆腐類製品，全球化的傳播力真的「粉」驚人。

(4) 臺產蔬菜

a. 葉菜類

葉菜類最普遍的要算是空心菜，不論熱炒或川燙，都很可口，尤其加了豆腐乳醬或蝦醬。地瓜葉更屬害，不但高纖，維生素 A、B1 和 C 含量高，也含豐富蛋白質，聽說它具護目、抗癌、提高免疫力等功效！如此營養豐富的蔬菜以前農人還拿去餵豬實在太可惜。不過要挑一下，摘除較老的梗；新吃法竟是將葉子打成汁喝，別有風味，很養生喔。

b. 瓜類

瓜類就屬絲瓜、苦瓜最多了，光聽到蛤蜊絲瓜、鹹蛋苦瓜、苦瓜排骨湯，就令人垂涎欲滴；瓜類性涼，都是夏季爽口菜。還有，絲瓜曬乾後成了植物海綿，為天然沐浴用品。南瓜則是新寵，營養豐富，可幫助控制血糖，增強

免疫力、護眼。

c. 根莖類

　　根莖類中，地瓜、竹筍、白蘿蔔最受歡迎，初夏一清早採摘的竹筍超嫩，可涼拌做沙拉或煮湯，清甜爽口；冬筍則可與香菇一塊兒烹調，就成了炒雙冬。白蘿蔔拿來燉排骨或羊肉，除可解膩又能增加維他命和膳食纖維，好吃又養生！蘿蔔糕和蘿蔔絲餅都是很受歡迎的小吃；生蘿蔔絲更是吃生魚片的必備佐料。而有時在街頭可見賣烤地瓜或地瓜球小販，烤地瓜香甜可口，甚至便利商店都有，24 小時全天供應。

(5) 特殊食材

　　俗語說：「中國人什麼都吃：天上飛的只有飛機不吃；水裡游的只有船不吃；而四隻腳的只有桌椅不吃。」或許有些食物「很特別」，但別忘了「海畔有逐臭之夫。」芋頭甘藷各有所好。臭豆腐、豬血糕已多所聽聞，以下食物也不遑多讓。

a. 海帶、海藻

　　從西元 5 世紀起，東南亞一帶的居民就開始食用海藻、海帶，到了 20 世紀，人們已發現它製成為食品添加物，這些海藻含 70％ -90％水分，具豐富纖維、礦物質及維他命，為減肥聖品，可抗癌、抗氧化、緩解糖尿病，涼拌、入湯都是常見的吃法。聽說還有美肌海藻浴，何妨試試？

b. 海蜇皮

　　海蜇皮的學名就是水母，其增生力很強。「如果你無法對抗它……就把它吃了吧！」不必懷疑，是的，是的，海蜇皮可以吃。水母本身 95％是水分，5％是蛋白質，它卡路里極低，且沒什麼味道，煮熟後用糖、醋、醬油拌之即可食用，冰鎮更清脆可口。不過有些海菜或水母含劇毒，誤食可不得了，還是讓專業者處理吧！

c. 海參

中國人、日本人、印尼人甚至馬達加斯加人都食用之，亦存在法國西南傳統菜色中，靈感源自加泰隆尼亞菜。連 19 世紀法國奇幻文學大師朱爾勒凡的《海底兩萬里》中奈莫隊長的餐桌上也曾出現過。另外，電玩遊戲「寶可夢」裡，它也軋一角。海參入菜始於 14 世紀明朝，因其形如男性生殖器，所以別稱「海洋威而鋼」，曬乾後，可製成中藥，事實上，它確實微含催情成分。

d. 檳榔

「高高的樹上結檳榔，誰先爬上誰先嚐……」這是首老歌，現在不流行了，但是高速公路交流道附近路邊穿著清涼的檳榔西施，卻很受歡迎。長途駕駛的卡車司機喜歡嚼檳榔以消除疲勞。又，假如你發現路邊「血跡斑斑」，免驚！那或許只是有人吐檳榔汁啦。然而檳榔花卻是脆嫩的蔬菜，可炒來吃。

e. 燕窩

燕窩並非燕巢，而是由其唾液結晶成的一層殼，具可食性，它是中國傳統的養生極品，可延緩老化、幫助消化並加速病癒，以及消炎、通血和恢復元氣，對皮膚、肺部尤佳，能治感冒、咳嗽、氣喘、喉痛等，還可抑制癌細胞增生，簡直太神奇了！

西元 618-907 年，它就是由東馬來西亞的進貢精品，因深受王宮貴族喜愛，於是朝廷下令人員到印度、泰國、菲律賓及印尼等地大肆搜購。

由於要攀登懸崖峭壁才能採集，取得不易，之後還得去除其中雜質，手續繁複，物以稀為貴，因此唯達官貴人才消費得起；市面上一般所號稱的平價燕窩，其實只是白木耳罷了。

(6) 中藥材

食補本是中菜的特色之一，而中藥當然是中醫的一部分，藥材來自植物

的根、莖、花、種子、菇類，還有某些取自動物或礦物。這些藥材經過「陰陽調和」，長期服用之後，能使體況逐漸恢復，病痛漸緩，毒素一掃而光。也許有些人不信此道，但經今日醫學界利用科學儀器化驗，結果確實發現某些療效。

a. 枸杞

枸杞原生地在中國，歐洲現在也有，且頗風行。其葉片含豐富的抗氧化維生素 C 和 E，具補氣功效。日、韓、臺灣市面上可常見枸杞子，泡茶、煮湯或烹飪都不錯，且具明目功效。中國青海一帶甚至還產黑色枸杞子，聽說療效更佳，應該是物以稀為貴吧。

枸杞的莖曬乾後，即成了中藥，名為地骨皮，可治氣喘、咳嗽、發燒、陰虛等疾病。

b. 茯苓

茯苓屬中性藥材，具去濕功能，清心、肺、血管並可解暑，亦可緩解心悸和失眠。如今在街頭偶爾會有小販在賣茯苓糕，它是不錯吃的懷舊甜點。

c. 甘草

甘草性喜氣候炎熱、土壤肥沃之地，因此中東、北非地中海一帶、美國南部都很適合種植，且生命力超強，「斬草不除根，春風吹又生」這句成語很適用。它具鎮定與解毒之功用，舉凡對高血壓、關節炎、止咳、止渴、消炎、助消化都有幫助，在中藥方子裡不可或缺，它就是為何我們稱戲劇中的重要配角為「甘草人物」的原因。

d. 當歸

當歸的根很長，約 40-100 公分，可用來製藥，專治肝、腎、脾，對經痛、更年期、貧血、高血壓等疾病特別有效，它甚至是比人參、甘草更常使用的中藥材。當歸鴨為冬日進補首選之一，尤其有婦科毛病的女性視之為絕佳補品。

2. 茶文化

茶的原產地在中國西南部的雲南，於唐朝成為國民飲品，然後再傳至亞洲各地。而印度則以製紅茶著名，再由英國商人帶到歐洲。臺灣的茶文化要歸功於移民來臺的閩人，且精益求精，尤其綠茶類的功力，在全球已首屈一指。這跟臺灣多山的地形與氣候的變化都有很大的關係，當然烘茶的技術更是祕訣之一。

(1) 烏龍茶

臺灣好茶很多，其中以半發酵的綠茶、烏龍茶最知名，一年四季皆產：春茶芳香馥郁、夏茶滋味濃厚、秋茶平和中庸、冬茶淡香柔順。內行人看門道，它早已是世界級綠茶中的冠軍。

(2) 包種茶

包種茶就產於臺北坪林及文山區，它的原生種則來自福建安溪。清朝時可是進貢皇上的精品，光緒皇帝將之命名為包種。包種茶色為稻黃色，具茉莉花香味，微酸和微苦。它比烏龍茶淡，但比綠茶濃，屬 10%-20% 之發酵茶。

(3) 鐵觀音

據說在一座觀音廟附近，種了些茶樹，有人見廟宇年久失修又苦無經費，於是定期去供奉和打掃。某天，觀音菩薩為感念他定期供奉打掃廟宇，託夢告知神像上有顆茶種，從此就稱當地的茶為「鐵觀音」。鐵觀音為半發酵茶，類黑烏龍，比綠烏龍味重，是很有個性的茶。

(4) 東方美人茶

它是由遭小綠葉蟬啃食過的葉子烘焙而成的，又名「膨風茶」。本因賣相不佳，未受青睞，但由於未噴灑農藥，屬有機茶，且略帶奶香，就連遠在英國女王伊莉莎白二世都很喜愛（聽說她還愛臺灣的蘭花）。此外，蘇格蘭

威士忌 Royal Salute 23，還限量推出亞洲版具茶香的酒。

(5) 茶道

蓋杯較容易，可依個人口味沖泡、決定濃淡，功夫茶就得講究功夫囉。有人擔心茶也有農藥殘留，因此倒掉第一泡，從第二泡喝起，但也有人獨愛第一泡，並準備聞香杯。現在茶價水漲船高，且大家都很注重健康，因此有機茶已蔚為風尚。我們不僅要觀茶色、聞茶香，還要啜飲品茗，茶道和品酒都是門學問，且有其類似的程序及門道。

(6) 珍珠奶茶

Zenzou 是珍珠奶茶，不是 zen zoo（禪動物園）啦！丸子是樹薯粉製成的，它的創始店為臺中春水堂。珍奶冷熱皆宜，臺灣大街小巷茶舖到處林立，近十年來已成為國民頭號飲料，並揚名海外，展店遍布全球。它也曾經在德國麥當勞熱賣過，巴黎羅浮宮及歌劇院附近，珍奶店則越開越多。在東京，日本女生更是趨之若鶩，寧可排隊慢慢等候。

3. 水果王國

臺灣地處亞熱帶，農業發達，四季都有水果，質量均佳，堪稱蔬果王國，除受到周遭中、日、韓人民的喜愛，近年亦外銷歐美，甚至驚艷沙烏地阿拉伯。最受青睞的水果有芒果、鳳梨、荔枝、釋迦、蓮霧等。1、2月為釋迦產期，若去臺東可順便提一箱回家；蓮霧產期則由12月至5月；另外5月盛產荔枝，產期短，要多把握時機；6、7月是芒果盛產期，可別錯過芒果冰喔。臺灣鳳梨品質全球數一數二，鳳梨酥更是伴手禮排行榜第一名。又，臺灣銀行曾印行過的水果年曆，依節氣呈現各色水果的圖片，大受歡迎。

(1) 芒果

芒果原產於印度、巴基斯坦和緬甸森林，據說是信奉者供養菩薩的極品。

芒果樹也隨著佛法傳到遠東各地，玄奘就是經由西遊印度，將之帶入中國，而中東與非洲的芒果樹，則是由阿拉伯人所引進。後來，葡萄牙人再把非洲芒果帶到巴西與新大陸。芒果含大量維他命 C，可減少癌細胞增生，特別對攝護腺癌具療效。芒果刨冰是許多人夏季的最愛，千萬別錯過。

(2) 鳳梨

鳳梨產自南美，巴拉圭、阿根廷北部及巴西南部尤多；此外，法語「Nanà nanà」字源本意為「香中之香」，芬芳甜美可見一斑。哥倫布於 1493 年在瓜特羅普發現它，當地居民體恤航海者長途旅行，僅面對海洋，送上甜美的鳳梨表示歡迎到訪，象徵好客之意。鳳梨頭又如一頂皇冠，且與閩南語「旺來」諧音，在臺灣則表示好運旺旺來！且本地所產的鳳梨質細，堪稱上品，如今還種植了牛奶鳳梨呢。別看它外表如刺蝟，其實並不耐摔，可得小心運送。

(3) 荔枝

荔枝來自中國廣東一帶，2100 年前即存在，但最著名的故事當然莫屬它是唐朝楊貴妃的最愛！鮮甜多汁的果肉可製成果汁、果醬、雪波等甜品；吳寶春曾在法國麵包師大賽獲首獎，荔枝就是其中的「祕密武器」之一。它的甜味連蜜蜂也喜愛，在荔枝園架蜂巢，可謂一舉兩得，除了促進果樹生長又可採收上等的荔枝蜂蜜。此外，荔枝還能製成荔枝酒，台啤甚至還出了荔枝啤酒。

(4) 番石榴（芭樂）

番石榴原產中南美洲，秘魯考古遺物即可證明它於西元 2500 年前就存在，如今番石榴在許多熱帶及亞熱帶地區大量產出。

臺灣的番石榴又叫做芭樂，以黃綠皮品種尤多，珍珠芭樂更為香甜爽口。此外，還有紅心芭樂，傳說是因為太好吃才被鳥啄過，其實那是因為土質不同、品種不同，口味自然相異。選購中等大小、形狀勿太長、表皮沒破損且

光亮者為佳，當然拿在手中要有「分量」才行。再者，它的葉子也能製成芭樂茶飲，具清血化瘀功效，亞洲女性特別喜歡。

(5) 釋迦

釋迦的原產地為南美和西非，果實如蘋果大小，厚軟的果殼內，竟是白嫩香甜的果肉，交配過的鳳梨釋迦小酸較清甜，別有風味。它的籽可以榨油，能防寄生蟲害。在墨西哥，它的葉子也可用來塗抹地板或甚至於雞舍以除蟲，可謂天然除蟲劑。其中臺東釋迦最出名，1 月為旺季。

(6) 蓮霧

蓮霧本來自印尼，樹可長到 10 公尺，因此搖晃樹幹即可採食野蓮霧。它外表光滑，如上了一層蠟，因此被稱為「wax apple」，又因形狀如鐘，又名「bell fruit」。不過直譯蓮霧—霧中的蓮花—更詩意！由於口感如海綿且不怎麼甜，本非大眾所好，但因為近年來提倡水果原味，它的天然清甜爽脆，頓時鹹魚翻身。不過這是種外皮嬌嫩的水果，不耐長途旅行，因此更顯貴氣，其中以屏東蓮霧尤佳。

4. 食器

筷子在亞洲飲食文化中扮演舉足輕重的角色，它作為中國人的主要餐具之一已經 3000 多年了。筷子（如同西方國家的刀、叉、匙）令我們的祖先不再用手抓食物吃，這象徵著人類文明的進程。

筷子是許多亞洲國家的重要傳統食器，依史書記載，開始使用可追溯到中國商朝（西元前 16-11 世紀），直到西元前 3 世紀才普及化。它的材質可為金、銀、金屬、木、竹、瓷、塑膠等，形狀有扁有圓、亦有長方形，長短也不一。

據史料記載，西元前 1100 年，商朝的末代皇帝紂，就曾使用過象牙筷子，但專家認為木筷或竹筷則比象牙筷再早 1000 多年。銅筷最早出現在西周時

期，金筷或銀筷盛行於唐朝，據說後者可測出食物是否有毒，歷代皇帝對這件事當然很重視。

　　古時宮廷常用銀筷測毒，以免貴族遭害，如今的免洗筷不是為了防毒，而是為了防 B 肝，但採一次性使用的竹筷，卻成了破壞大自然的兇手，因此現在有些人會自備環保筷，間接維護生態。在亞洲，人們有共食的習慣，不過講究一點的餐廳，已採「公筷（多半是紅色）母匙」的措施，讓顧客吃得安心。

　　如今有的筷子會上漆或畫上小圖案，十分美觀，它們已成了文創紀念商品，可拿來送禮。

　　飲食有一定的規矩，在使用筷子時，要注意一些禁忌和禮儀：

(1) 不可任意用筷子敲碗盤，只有乞討者才會這麼做。

(2) 使用筷子時，勿伸出食指，也別用筷子指別人，這動作具挑釁意味，很沒教養。

(3) 吸吮筷子或以筷子在盤子中翻攪挑食很不禮貌。

(4) 千萬別把筷子插在食物上，只有燒香祭亡魂才會這麼做。

La Gastronomie

1. La Culture de la cuisine （食文化）

La fusion des cultures Minnan, Hakka, de la culture chinoise continentale et des groupes autochtones apporte une touche colorée à la culture et au mode de vie à Taïwan. Et la gastronomie en est la meilleure illustration : la cuisine de Hakka, de Shanghai, de Canton, de Hunan, de Sichuan, même de Japon, de Corée du Sud, de Thaïlande et de Vietnam, ainsi que la collation traditionnelle et les spécialités alimentaires régionales de Taïwan font ensemble un grand festin apprécié par les gourmets du monde entier. Il n'est donc pas étonnant que Taipei et Taichung jouïssent de la renommée mondiale du « royaume de la gastronomie », notamment depuis 2017, date à laquelle le guide Michelin a enfin mis le patrimoine culinaire taïwanais en lumière. Venez découvrir les innombrables spécialités de Taïwan, toutes plus délicieuses les unes que les autres !

(1) La Fondue chinoise （火鍋）

La fondue chinoise est un mets convivial, tout comme en France le sont les fondues bourguignonnes ou au fromage, la raclette, ou encore le pot au feu. La fondue chinoise a l'avantage d'être peu calorique (elle ne contient pas d'huile ni de fromage). On aime bien la manger en hiver, notamment à l'occasion des réunions entre amis ou la famille. On la place au milieu de la table et les convives sont invités à y faire cuire les ingrédients mis dans une petite épuisette, ou

La fondue au bouillon clair bien copieuse

tenus avec des baguettes.

Il existe plusieurs sortes de fondues :

a. La fondue sichuanaise（川味火鍋）: considérée comme la fondue originale, elle était consommée par les travailleurs sur les fleuves de la région. Très pimentée, elle est essentiellement constituée d'abats et d'épices variées.

b. La fondue au bouillon clair（清湯火鍋）: elle est aux saveurs plus douces et non pimentée, préparée à partir de bouillon de viande, ou de poisson, de baies de gogi（枸杞）, ou encore des jujubes（紅棗）.

c. La fondue pékinoise ou mongole（涮羊肉）: elle est servie en Chine du Nord, très populaire dans les régions où l'on élève des moutons. Mais à Taïwan, certains n'aiment pas la viande de mouton qui sent fort.

d. La fondue cantonaise : elle utilise beaucoup de poissons et de fruits de mer, cela rappelle un peu la bouillabaisse marseillaise.

e. Le shabu-shabu : c'est une variante japonaise de la fondue chinoise, proche du sukiyaki. Le mot « Shabu-shabu » est une onomatopée japonaise correspondant au bruit de la viande plongée dans du bouillon chaud.

De nos jours, pour des raisons d'hygiène, on divise la marmite en deux, chacun peut choisir ses ingrédients préférés à y faire bouillonner tout en se réjouissant des retrouvailles avec ses proches.

(2) Xiao long bao（小籠包）

Les Xiao long bao（小籠包）sont une variété de raviolis originaire d'un village à proximité de Shanghai. Initialement, c'était un dessert salé. Ils se composent d'une farce à base de viande, de légumes et du jus, emballée

Xiao long bao, la bouchée de délice

dans une raviole de pâte de blé, et sont cuits à l'étuvée. C'est un mets très populaire en Chine, au Japon et à Taïwan. Ding Tai Fong（鼎泰豐）, le restaurant emblématique de cette délicieuse spécialité, remporte un succès fou en Asie et en Amérique. En témoignent les longues queues que les clients font patiemment pour pouvoir y entrer, midi et soir. Il faut dire que les Xiao long bao de Din Tai Fong sont absolument délicieux ! Il n'est donc pas étonnant qu'en 2018, ce restaurant ait décroché une étoile au guide Michelin à Taïwan. Le succès phénoménal du restaurant attirant une clientèle internationale, les serveurs de Din Tai Fong parlent généralement plusieurs langues étrangères (notamment l'anglais et le japonais) et, à ce titre, ont donc le droit de toucher un bonus !

(3) 36 Variétés de produits à base de soja（黃豆食品）

Le tofu（豆腐）ou le fromage de soja est un aliment d'origine chinoise, issu du caillage du lait de soja. C'est une pâte blanche, molle, peu odorante, constituant une base importante de l'alimentation asiatique, et aussi consommée par des végétariens et des végétaliens. Le tofu a été inventé par Liu An（劉安）, le prince de Huainan (situé dans la province actuelle de l'Anhui（安徽）), au IIe siècle avant Jésus-Christ.

La France fut le 1er pays occidental à expérimenter la culture du soja. La Société zoologique d'acclimatation fut créée en 1854 à Paris avec pour objectif l'introduction et l'acclimatation de plantes et d'animaux exotiques.

De nombreux produits à base de soja sont les ingrédients idéaux pour des plats de gourmets.

a. **La salade de tofu**（涼拌豆腐）, avec de l'huile de sésame et de tendres ciboulettes, un hors-d'œuvre bien agréable notamment en été. De surcroît, si vous voulez, vous pouvez rajouter un oeuf de mille ans[1]（皮蛋）, ça donne un goût différent.

---

1   Un oeuf de mille ans, cela ne veut pas dire qu'il a 1000 ans ! Il faut savoir que dans l'ancien temps on mettait du plomb pour préserver l'œuf ; à notre époque, on le prépare autrement tout en gardant l'ancien nom.

36 variétés de produits à base de soja

b. **Le tofu congelé**（凍豆腐）se craquelle après être passé au congélateur, il donne une texture plus fibreuse, nous le mettons souvent dans le bouillon de la fondue.

c. **Le tofu bambou**（腐竹）ressemble à une feuille de bambou séché, d'où le nom tofu-bambou.

d. **Le tofu aux cinq épices**（五香豆腐干）est plus ferme et plus parfumé, on peut le. couper en petits carrés, il va bien avec la coriandre（香菜）.

e. **Le tofu frit**（炸豆腐）: le tofu frit devient un peu gonflé, et arbore une magni-fique. couleur dorée.

f. **Le tofu puant**（臭豆腐）: en fait, c'est un tofu fermenté, qu'on appelle parfois « fromage asiatique ». Il sent fort, mais pour certains, c'est un délice inouï. Il peut être frit ou à la vapeur, et se marie très bien avec le piment ou le chou mariné（泡菜）.

g. **Le tofu Mapo**（麻婆豆腐）est un plat pimenté d'origine sichuanaise. Il est très en vogue dans les restaurants chinois dans les pays occidentaux, notamment chez les végétariens, comme substitut à la viande ou au poisson, car le tofu est riche en protéine. En France, il y a une certaine Mère Poulard, réputée pour ses omelettes ; à Taïwan, une certaine Mère Ma qui a inventé ce plat bien pimenté.

h. **Le caillé de tofu**（ 豆 花 ）se sert salé ou sucré, comme dessert ; le caillé de tofu sucré. va bien avec les cacahuètes ou les haricots rouges, on le consomme comme dessert.

i. **Le jus de soja**（豆漿）est une boisson substituante du lait. Il se trouve aussi au rayon diététique de supermarchés en France. On peut le servir chaud et froid. L'empereur Qian Long（乾隆）l'adorait ; il est sans doute le meilleur porte-parole de cette boisson populaire, car il a vécu jusqu'à l'âge de 89 ans, « la longévité oblige ». Grâce à la « localisation », on trouve même le soja latté dans des Starbucks à Taipei.

j. **La glace de soja**（豆奶霜淇淋）: voici un substitut délicieux aux glaces traditionnelles et qui plaira aux fans des glaces mais qui sont allergiques aux produits laitiers.

(4) Quelques légumes incontournables de la cuisine taïwanaise （臺產蔬菜）

Côté légumes, on trouve de tout sur les étals des marchés à Taïwan, y compris des légumes moins fréquemment utilisés dans la cuisine de notre pays, comme les courgettes, les betteraves rouges ou encore différentes sortes de pommes de terres. Parmi les légumes locaux, nombreux variés, et, ce qui plus est, poussant toute l'année, certains sont incontournables pour préparer d'exquis petits plats qui sont en réalité de grands « classiques » de la cuisine taïwanaise.

Voici quelques-uns de ces trésors du patrimoine légumier de Taïwan :

a. La Courge-éponge （絲瓜）

Cette cucurbitacée, à la chair blanche de consistance spongieuse, inconnue en Europe, jouit d'un grand succès à Taïwan. Les pépons de courge-éponge, de préférence jeunes, se consomment cuits avec du gingembre et une variété locale de moules blanches（蛤蠣絲瓜）, le tout agrémenté de baies de goji（枸杞）.

La courge-éponge

Une fois séchés, les fruits sont utilisés comme éponge végétale, constituant un produit naturel aux propriétés hautement exfoliantes, incontournable pour garder la peau lisse - recette de grand-mère infaillible.

L'éponge végétale

b. Le Concombre amer （苦瓜）

Le concombre amer (ou margose) est un légume original au goût atypique et, par-là, très intéressant : il se caractérise en effet par une forte amertume. Mais celle-ci s'atténue à la cuisson et se marie parfaitement avec d'autres ingrédients à découvrir absolument : le concombre amer sauté

Le concombre amer

avec du gingembre et des œufs durs émincés（鹹蛋苦瓜）; la soupe aux travers de porc, avec du concombre amer et de l'ananas（苦瓜排骨湯）; la variété blanche de margose marinée avec des pruneaux, elle se sert comme hors-d'oeuvre.

c. La Patate douce （地瓜）

C'est, sans aucun doute, le légume local le plus célèbre à Taïwan ! Et pour cause : on le trouve, prêt à la consommation, dans tous les dépanneurs du pays.

Si le tubercule, dont la chair peut être de couleur jaune ou orange, cuit à la vapeur ou au four,
constitue un « en-cas » aussi pratique que savou-
reux, 24h sur 24, la patate douce est également
utilisée dans la cuisine comme légume-feuilles,

La patate douce

tout comme son cousin, le liseron d'eau. Plus curieux : les feuilles de patate douce
peuvent également entrer dans la composition de délicieux jus de fruits.

d. Le Bambou（竹筍）

Le bambou n'est pas, à proprement parler,
un légume. Mais ces jeunes pousses, appelés « tu-
rions », se consomment largement en Asie. Elles
sont cueillies sortant du sol entre les pousses plus
âgées, dès qu'elles ont percé le tapis de feuillage

Le bambou

tombé au sol. Cuites au préalable à l'étuvée, on les déguste tout simplement coupées en tronçons, croquantes, avec de la mayonnaise taïwanaise au goût un peu sucré, surtout en été. Ou bien, on peut en mettre dans la soupe au poulet.

e. Le Radis blanc chinois（白蘿蔔）

Le radis blanc chinois est un « pilier » de la
cuisine taïwanaise. Il se cultive toute l'année, est
bon pour la santé, très peu cher, et se prête à la
préparation de nombreuses spécialités culinaires
dont on raffole dès qu'on les a goûtées. Parmi

Le radis blanc

celles-ci, les plus élaborées sont le pâté de radis blanc（蘿蔔糕）qu'on sert avec
une sauce pimentée à la coquille St. Jacques (XO sauce), et les exquis feuilletés à
la pâte tellement fine qu'elle en paraît translucide（蘿蔔絲）. Mais ce légume est
également très apprécié dans les soupes, dans les ragoûts de viande, mariné en sau-

mure ou comme condiment pour les sushis.

f. Les Légumes-feuilles（葉菜類）

Les légumes-feuilles sont une particularité
de la cuisine taïwanaise qui conquérra le cœur de
tous les végétariens. On appelle ainsi les légumes
verts dont on consomme les feuilles cuites à la va-

Les légumes-feuilles

peur ou à la poêle à la façon des épinards. Il existe de nombreux légumes-feuilles à
Taïwan, mais l'un des plus connus est sans doute le liseron d'eau, une convolvula-
cée locale, aux feuilles délicates et aux tiges creuses（空心菜）. Accommodés avec
de l'ail, du piment et de la pâte de crevettes séchée, les liserons d'eau sont un vrai
régal du quotidien !

(5) Les Spécialités insolites（特殊食材）

Les Chinois sont très portés sur toutes sortes de mets, plus étranges les uns
que les autres. Une blague dit même qu'en Chine on mange « tout ce qui a quatre
pattes, sauf les tables et les chaises, tout ce qui vole, sauf les avions, et tout ce qui
nage, sauf les bateaux. » Certains plats peuvent paraître très excentriques, ils sont
pourtant de vrais délices pour les amateurs. Voici quelques exemples de ces spécialités insolites susceptibles de secouer un peu vos habitudes alimentaires.

a. Les Algues（海帶、海藻）

Les algues comestibles sont traditionnellement
consommées comme fruits de mer en Asie du Sud-
Est où elles sont cultivées depuis le Ve siècle. L'industrie agroalimentaire a découvert leurs propriétés
physico-chimiques au milieu du XXe siècle et les
utilise depuis pour réaliser des additifs alimentaires.

Les algues comestibles

Ces véritables « légumes de la mer » composés de 70% à 90% d'eau, soit moins que les légumes terrestres, sont riches en minéraux, oligoéléments et vitamines.

Leur richesse en fibres est favorable au transit intestinal, procure une sensation de satiété utilisée dans les régimes d'amaigrissement et aurait un rôle hypocholestérolémiant et hypotensif. Pour toutes ces raisons, les algues sont un aliment complémentaire très précieux pour la diététique.

Cependant, la culture d'algues alimentaires a également des mauvais côtés. Il s'agit en effet d'espèces bioaccumulatrices de pesticides et de métaux lourds, ce qui fait que leur récolte dans une région polluée entraîne des risques pour la santé. Avant de les consommer, il est donc important de bien les rincer à l'eau douce pour retirer le sable, les petits coquillages ou d'autres saletés et éléments nuisibles.

L'algue comestible appartient au groupe des algues vertes, les algues rouges, les algues brunes, les algues bleues et les algues blanches, etc. On dit que les algues brunes ont des effets anti-diabétiques, anti-cancérigènes, anti-oxydants, antibactériens, anti-VIH et radioprotecteurs ! Un vrai remède à tout !

Pourquoi pas une assiette de salade aux algues à la vinaigrette en été ? C'est merveilleusement rafraîchissant !

b. La Méduse （海蜇皮）

La méduse prolifère très vite. Elle s'étend tellement qu'elle en devient nuisible pour le plancton. Par conséquent, la FAO, l'Organisation des Nations Unies pour l'alimentation et l'agriculture, a adopté pour slogan : « Si vous n'arrivez pas à les combattre... - mangez-les ! » Si si, les méduses, ça se mange !

La méduse... comestible

La méduse se compose à 95% d'eau et à 5% de protéines. Ce produit de la mer contient très peu de calories et n'a pas beaucoup de saveur, mais prend le goût de son accompagnement. En revanche, sa texture est plus intéressante ; elle n'est ni gélatineuse ni visqueuse mais croquante. "Ces pâtes vivantes" sont servies en entrée, accompagnées de concombre, d'ail et d'une sauce à base de vinaigre et de soja, comme les calamars.

Détail important : avant d'être conditionnée et exportée, la méduse doit être vidée de son venin. Laissons donc les professionnels s'en occuper.

c. Le Concombre de mer（海参）

La pêche commerciale d'holothuries semble s'être développée il y a environ 1,000 ans en Chine. Diverses espèces d'holothuries bouillies, séchées et marinées sont consommées en Chine et y sont très appréciées. On en consomme également au Japon, en Indonésie et même à Madagascar.

Le concombre de mer

Les concombres de mer sont récoltés pour prélever leurs téguments, sur un mode principalement artisanal mais localement intensif, la technique du séchage est la plus appropriée à l'exportation vers l'Asie du Sud-Est.

En France, l'holothurie est consommée traditionnellement dans le sud-ouest. Cette consommation est inspirée par la cuisine catalane. En effet, le concombre de mer entre dans la composition de certains plats de cette cuisine, cependant, son commerce est en réalité peu développé.

Côté littérature, notons que ces animaux vus parfois comme mystérieux, occupent une place importante dans le roman de Jules Verne « Vingt mille lieues sous les mers » (1870) où ils reviennent, à plusieurs reprises, à la table du capitaine Nemo.

Par ailleurs, on trouve également une holothurie dans le bestiaire de la franchise des jeux vidéos Pokémon : Concombaffe.

Enfin, en ce qui concerne la consommation pharmaceutique d'holothurie, elle est attestée depuis l'ère Ming (XIVe siècle). À cause de la ressemblance de l'holothurie avec le pénis humain, certains pensent qu'elle aide à renforcer la capacité à se durcir, se tenir droit à éjecter. Le concombre de mer serait-il le Viagra de la mer ? Certains soigneurs attribuent en effet à ses extraits des propriétés aphrodisiaques. Les produits dérivés se présentent aussi sous la forme d'huiles, de crèmes et de cosmétiques, plus rarement de spécimens séchés qu'on trouve dans une pharmacie chinoise.

d. Les Noix de bétel（檳榔）

Quand on quitte l'aéroport de Taoyuan en direction du centre-ville, on remarque un défilé de vendeuses de bétel（檳榔西施，pinlang girls）en mini-jupe, tout au long de la route, avec un néon multicolore comme enseigne.

Les noix de bétel

Les camionneurs s'y arrêtent pour acheter un paquet de bétel, une sorte de réconfortant qui aide à dissiper la fatigue. Mais, après l'avoir mâché, les dents sont « teintées » en rouge. N'ayez pas peur si vous voyez des taches rougeâtres crachées par terre : ce n'est pas du sang, ce n'est que du jus de bétel !

Notons que les pousses du palmier qui donne les noix de bétel sont également comestibles et qu'elles sont très apprésiciées pour leur tendreté.

e. Le Nid d'hirondelle（燕窩）

La spécialité asiatique appelée « le nid dit d'hirondelle », n'est en fait pas produite par des hirondelles, mais par quelques espèces et sous-espèces de martinets qui sécrètent un mucus mucilagineux, comestible, pour construire leur nid. Ce mucus est recherché comme produit de luxe par la cuisine traditionnelle chinoise, vietnamienne, indonésienne et de nombreux pays d'Asie du Sud-Est, par ailleurs, on lui attribue également certaines vertus pour la santé.

Le renommé nid d'hirondelle

Quelles sont ces vertus ? En Chine, et en Asie du Sud-Est, les nids d'hirondelle sont traditionnellement réputés être un exquis fortifiant ; on dit qu'ils ont le pouvoir de retarder le processus de vieillissement, de faciliter la digestion et d'accélérer la convalescence. En prendre sous forme de soupe ou de médicaments traditionnels est censé augmenter le métabolisme et l'énergie, faire descendre la fièvre et fluidifier la circulation sanguine. Ils seraient aussi bons pour la peau et les poumons, et soigneraient la grippe, la toux, l'asthme, les maux de gorge, surtout chez les fumeurs. D'après certains producteurs, leur consommation freinerait ou bloquerait même la croissance de cellules cancéreuses. Un vrai remède magique !

De plus, ils sont uniquement récoltés dans les cavités de falaises abruptes et souvent en altitude, ou dans de vastes grottes reculées dans la jungle. Leur rareté et l'effort nécessaire à leur récolte en ont fait un mets très apprécié et très cher. Coûteux, délicat et excellent pour la santé, ce mets était autrefois réservé aux rois et aux mandarins.

Cette curieuse spécialité a été importée du Sarawak (l'est de la Malaisie) pendant la Dynastie Tang (618-907). Par la suite, les empereurs chinois qui pensaient qu'ils conserveraient leur jeunesse grâce aux vertus des nids ont envoyé des émissaires pour en récolter ou en acheter jusqu'en Inde, Indonésie, Thaïlande et Philippines.

Pour la préparation, il faut passer par un trempage dans l'eau tiède, le cuisinier doit retirer les plumes et les impuretés du nid, le cuire longtemps dans l'eau brouillante, le nid se délite alors en des milliers de fibres blanches d'une substance mucilagineuse qui est récupérée pour composer divers plats.

(6) La Pharmacopée chinoise （中藥材）

La pharmacopée chinoise est l'une des branches de la médecine chinoise traditionnelle. Elle comporte un large éventail de produits, depuis les plantes médicinales (comprenant racines, plantes, graines et champignons) utilisées seules ou en mélange, jusqu'à des décoctions intégrant des extraits animaux ou minéraux.

Chacune des prescriptions à base d'herbes est un cocktail de plantes élaboré sur mesure pour le patient. Un assortiment d'herbes médicinales est généralement infusé deux fois en une heure. Le praticien conçoit habituellement un remède en utilisant un ou deux ingrédients principaux qui visent la maladie. Puis il ajoute d'autres ingrédients pour ajuster la formule aux conditions yin/yang du patient. Parfois, des ingrédients supplémentaires sont en effet nécessaires pour annuler la toxicité ou les effets secondaires des principaux ingrédients. L'herboristerie chinoise incorpore des ingrédients provenant de toutes les parties de la plante : feuille, tige, fleur, racine. Certaines herbes requièrent l'utilisation d'autres ingrédients qui agissent à la manière de catalyseurs sinon l'infusion est inefficace. Les dernières étapes exigent beaucoup d'expériences et de connaissances, et font la différence entre un bon herboriste et un amateur. À la différence de la médecine occidentale, dans la pharmacopée chinoise l'équilibre de l'ensemble des ingrédients est considéré comme plus important que les effets des ingrédients séparés.

a. Le Lyciet de Chine / goji （枸杞）

Le lyciet de Chine est une des trois espèces de lyciet qui poussent naturellement en France, avec le lyciet commun et le lyciet d'Europe. En Chine, il est cultivé pour son fruit réputé capable « de revigorer le qi ». Il est exporté sous le nom commercial de baie de goji, expression qui peut recouvrir aussi les fruits du

Lyciumbarbarum. Les feuilles sont riches en vitamines antioxydantes comme les vitamines C et E.

Le goji rouge

Le lyciet de Chine est couramment disponible sur les marchés de Taïwan, de Corée, du Japon. Les feuilles fraîches de lyciet de Chine auraient une excellente activité de chélation des ions cupriques mais une activité antioxydante en équivalent Trolox moins bonne. Pour la chélation, le lyciet de Chine se trouverait en 4e position derrière la coriandre et l'amarante rouge et devant la menthe des champs. Mais, pour le piégeage des radicaux libres, le lyciet se retrouve en 20e position (sur 25) avec la coriandre.

L'écorce de racine séchée de lyciet de Chine est une matière utilisée dans la médecine chinoise traditionnelle, connue sous le nom chinois de digupi（地骨皮）. Ses indications traditionnelles sont l'asthme, la toux, la fièvre due à une déficience du yin.

b. Le Pachyme / fuling（茯苓）

Le pachyme (fuling) est un champignon apprécié pour ses nombreuses vertus médicinales. Il est doux, insipide et neutre. Le doux tonifie le centre tandis que l'insipide draine l'humidité. D'un côté, le pachyme tonifie le cœur, la rate et le poumon, de l'autre il facilite la voie des eaux, débloque les orifices et clarifie la chaleur. Sa particularité est à la fois de tonifier et de favoriser la diurèse, de façon harmonieuse, de supporter le correct en chassant le pervers, et de ce fait il est particulièrement approprié quand la rate est déficiente et qu'il y a trop d'humidité, avec des symptômes tels que glaires avec mucosités fines, diarrhée, œdèmes, indépendamment des conditions de froid et de chaleur. Lorsque la rate fonctionne bien, le cœur et les poumons bénéficient directement des bonnes transformations qu'elle produit. C'est pourquoi ce remède est souvent utilisé en cas d'insomnie et de palpitations dues au vide du cœur et de la rate.

c. La Réglisse chinoise / gan cao（甘草）

La réglisse pousse préférentiellement dans un sol riche et humide et elle a besoin d'un climat chaud, comme sur le pourtour de la Méditerranée, dans le Sud des États-Unis, au Moyen-Orient, en Afrique du Nord et à l'Île Maurice. Une fois plantée dans une zone climatique lui convenant, la réglisse a tendance à devenir invasive : même après l'arrachage des racines, le moindre fragment laissé en terre engendrera un nouveau plant.

En raison de ses nombreuses propriétés médicinales - parmi lesquelles, son effet détoxifiant, calmant et son champ d'action sur le foyer médian (rate et estomac) et supérieur (cœur et poumon) - elle est utilisée depuis des siècles dans les formules de la pharmacopée chinoise.

Voici ses utilisations :

i.   Stimule les facultés cérébrales.

ii. Apaise la soif.

iii. Facilite la digestion.

iv. Action expectorante et calmante de la toux, donc favorable au système bronchique.

v.   Composant du médicament.

vi. Propriétés laxatives.（輕瀉）

vii. Propriétés antiarthritiques.（抗關節炎）

viii. Anti-inflammatoire au niveau du tube digestif et de l'estomac, protège les cellules. hépatiques et restaure la muqueuse gastrique.

La réglisse accentue l'effet de certains médicaments comme la digitaline, certains diurétiques et corticostéroïdes. Il vaut donc mieux s'abstenir d'en consommer simultanément. La réglisse chinoise sèche contient 3 à 5 % de glycyrrhizine, substance qui modifie le métabolisme des hormones corticoïdes principalement en inhibant une enzyme importante qui transforme normalement le cortisol, très actif, en cortisone, beaucoup moins active. La réglisse servait autrefois, avec l'orge et le chiendent, à préparer la tisane ordinaire des hôpitaux, sans indication particulière, dite « bonne à tout ».

d. L'Angélique de Chine / danggui（當歸）

L'angélique de Chine – appelée danggui en chinois – est une plante vivace de 40 à 100 cm de haut, à la racine cylindrique se prolongeant en plusieurs branches, succulente et très aromatique. Sa racine est utilisée comme drogue, elle a des affinités avec le foie et la rate. Ses indications sont les maladies gynécologiques (aménorrhée, règles anormales, douloureuses, syndrome prémenstruel comme les seins gonflés et douloureux, les sautes d'humeur), les troubles de la ménopause (bouffées de chaleur), la fatigue, les anémies légères et l'hypertension. Elle a des effets analgésiques, anti-inflammatoires, antispasmodiques et sédatifs.

Le danggui est la plante la plus fréquemment utilisée en médecine chinoise traditionnelle, devant même le ginseng et la réglisse. Comme c'est la plante par excellence des désordres menstruels de la femme, elle a été surnommée "la panacée gynécologique".

2. La Culture du thé（茶文化）

Le thé est cultivé dans le Yunnan, au sud-ouest de la Chine, depuis l'Antiquité. C'est sous la Dynastie Tang qu'il s'est démocratisé en Chine, pour devenir, par la suite, extrêmement populaire dans toute l'Asie. Enfin, les cultures du thé noir en Inde ont fait connaître cette précieuse boisson dans le monde entier où le thé s'est très vite exporté.

En ce qui concerne Taïwan, la culture du thé y a été importée avec l'arrivée des immigrés chinois, c'est pourquoi de nombreuses variétés de thé cultivées à Taïwan viennent de Chine, même si certaines ont été développées uniquement sur l'île. Il faut dire que celle-ci, réputée pour ses paysages montagneux et ses nombreux microclimats, offre un environnement naturel exceptionnel pour cultiver le thé de différentes altitudes. On y trouve notamment d'excellents thés verts de haute montagne.

(1) Le Thé de Oolong （烏龍茶）

Taïwan est réputé pour son thé « oolong »（烏龍）, le nom qui veut dire « Dragon Noir » ! C'est un thé semi-fermenté, constitué de feuilles entières. Elles sont partiellement séchées au soleil, brassées dans des paniers et roulées 17 fois après l'interruption de l'oxydation. Il s'agit selon les puristes de la catégorie du thé qui offre les goûts les plus nuancés et les plus complexes. A Taïwan, on récolte le thé 4 fois par an : au printemps, en été, en automne et en hiver.

(2) Le thé Oolong Pouchong （包種茶）

Le thé Oolong Pouchong, reconnu comme le meilleur du monde, n'est produit que dans un seul endroit à Taïwan : les montagnes Wenshan（文山）, à Taipei. Visuellement parlant, c'est un thé qui se présente sous forme de longues feuilles torsadées, d'un vert sombre.

Il s'agit d'un thé légèrement fermenté (10% à 20%), qui diffère du thé vert, un thé totalement non fermenté. Une fois brassé, le thé Oolong Pouchong produit une teinte jaune clair, un arôme fleuri, presque poivré, évoquant le jasmin et une saveur délicate, acidulée avec une fine amertume. Cette saveur alliant verdeur et douceur, elle est plus douce que le thé Oolong mais plus forte que le thé vert, est très appréciée par les connaisseurs de thé du monde entier.

Le thé de Oolong

Le nom du thé Pouchong produit dans les Wenshan（文山）, viendrait de la coutume ancienne d'envoyer le tribut de thé à l'empereur Guangxu（光緒）, de la Dynastie Qing. Le thé, emballé par paquets de 200 grammes, était enveloppé avec deux feuilles carrées de papier de bambou, sur lequel était apposé le sceau de l'établissement avec le nom du thé. L'empereur Guangxu lui-même conféra le nom de Pouchong à ce thé. Ce procédé d'emballage était utilisé par des boutiques traditionnelles de thé situées sur le continent dans la province du Fukien, district d'Anxi (en face de Taïwan) qui vendaient aussi leur thé sous cette forme.

On peut déguster tranquillement ce thé raffiné dans les nombreuses maisons de thé qui se trouvent à Mao Kong（貓空）, à Muzha, un quartier très pittoresque de Taipei, joignable depuis le Zoo par télécabine. Il en existe même une « en cristal », qui permet aux voyageurs de contempler le paysage au-dessous de leurs pieds, tout au long du trajet.

(3) Le Thé Oolong Ti Kuan Yin（鐵觀音）

Selon la légende, ce thé était cultivé non loin d'un temple de Guanyin, (déesse de la Miséricorde) où une effigie en fer de la déesse se trouvait. Un homme se désolait du mauvais état du temple. N'ayant pas les moyens de le faire restaurer, il allait quand même régulièrement le nettoyer et y faire des offrandes à la déesse. Pour l'en remercier, la déesse lui apparut en rêve et lui dit qu'il trouverait près de la statue à son effigie, une source de fortune qu'il devrait partager avec ses amis. En se rendant au temple, l'homme découvrit un bourgeon de thé sur la statue. Il le planta et le repiqua pour ses amis et le thé Ti Kuan Yin fut créé.

C'est sans aucun doute le plus connu des thés oolong chinois et la belle légende liée à sa naissance laisse imaginer une vue de magnifiques plantations ! Ce thé associé à la déesse en fer de la Miséricorde offre une liqueur claire et pleine de douceur, que l'on déguste habituellement en fin de journée.

Le thé Ti Kuan Yin – botaniquement parlant, il s'agit d'une variété de Camellia sinesis (le théier) – est considéré comme faisant partie de la famille du thé Oolong en tant que thé semi-fermenté. Le Ti Kuan Yin de Taïwan est un parent très proche du thé Oolong noir car il est cuit plus longtemps que le Oolong vert. La célèbre marque de thé taïwanaise Ten Ren propose du Ti Kuan Yin dans une grande variété de qualités et de bidons, préparé à partir de Taïwan et de Chine.

Pour ce qui est de l'apparence, les feuilles assez compressées ont une couleur sombre et prennent de très belles formes lorsqu'elles se déploient. Leur couleur verte naturelle est un plaisir pour les yeux et vous fait remémorer le souvenir d'une balade en forêt. Bien que l'apparence compte, elle peut parfois être trompeuse, la fragrance, le goût et la persistance du goût au palais nous ont également incités à conclure l'affaire. Lorsque vous prenez une gorgée de ce thé, vous remarquez qu'il se boit en douceur et qu'il laisse la sensation de revenez-y. En effet, l'arôme floral, la douceur du goût et la texture complexe de ce thé sont de véritables dons de la Nature... Nul doute que chacun appréciera ce thé au caractère fort et subtil à la fois !

(4) La Beauté orientale（東方美人茶）

Il existe aussi un thé très prisé par les amateurs chevronnés : la beauté orientale. Ses feuilles sont légèrement rongées par des vers, car, les cultivateurs ne mettent pas de pesticide. Or, son apparence n'était pas présentable, on ne pouvait que vanter ses autres qualités, c'est pourquoi il est surnommé « le thé vantard »（膨風茶）en taïwanais. Le thé, issu de cette culture bio a, curieusement, un léger goût du lait. Même la Reine Elisabeth II d'Angleterre l'apprécie énormément.[2] Par conséquent, le whisky écossais, Royal Salute 23, fait une promotion colossale d'un whisky parfumé avec ce thé.

(5) Le Rituel de la préparation du thé（茶道）

a. Après avoir ébouillanté la théière à l'intérieur et à l'extérieur, on y met 1/6 de thé pour 5/6 d'eau.

b. On rince les feuilles de thé et les tasses avec la première eau bouillante, que l'on

Le rituel de la préparation du thé bien zen

ne boit pas ; on remet ensuite de l'eau sur les feuilles. (Mais certains amateurs préfèrent la première eau.)

c. On laisse infuser.

d. Une fois infusée, la feuille se déplie si bien que l'eau d'infusion vidée, les feuilles remplissent entièrement la théière.

e. On rince la tasse de dégustation, puis on verse le thé. On vide la haute tasse dans la basse tasse, puis on boit. On répète à plusieurs reprises l'infusion des mêmes

---

2　Il semblerait que la Reine adore aussi les orchidées taïwanaises.

Le fameux thé au lait aux perles

feuilles. Le parfum et le goût changent à chaque fois. Sachez que le parfum du thé se respire quand la tasse vidée est encore chaude !

(6) Le Thé au lait aux perles（珍珠奶茶）

De nos jours, les jeunes ne boivent pas seulement du thé chaud mais également du thé froid ou glacé. On trouve différentes marques de thé au supermarché, mais ce n'est pas tout. Dans la rue, de nombreux stands proposent aussi toutes sortes de thés, parmi lesquels le thé au lait aux perles (zenzou)（珍珠奶茶）est le plus populaire. Le thé au lait aux perles (bubble tea) est une boisson originaire de Taichung. C'est un mélange de thé froid ou chaud et de lait, parfumé de diverses saveurs et additionné de petites boules de tapioca, que l'on aspire généralement au moyen d'une paille de gros diamètre.

Ces années-ci, pour des raisons d'écologie, au lieu de la paille en plastique, on utilise celle en papier ou en métal.

Le thé au lait aux perles est devenu non seulement une « boisson nationale » à Taïwan mais il est également consommé dans de nombreux autres pays, tels que la Chine, le Japon, la Corée, les Etats-Unis, et certains pays européens. Au Japon, cette boisson jouit d'un tel succès que les clients sont prêts à faire la queue pendant des heures afin de pouvoir en déguster. En 2019, il a figuré parmi les boissons les plus consommées dans le pays. Au bout d'un certains temps, on en a trouvé au Mc Donald en Allemagne ! La France n'est pas en reste : il suffit de se rendre à proximité du Musée du Louvre ou de l'Opéra à Paris, pour déguster ce délicieux breuvage, parfumé au sésame, à la lavande, à la framboise... Vive la mondialisation !

3. Le Royaume du fruit（水果王國）

L'arboriculture fruitière à Taïwan est vaste et variée. Taïwan exporte non seulement des fruits aux pays voisins, comme le Japon, la Corée et la Chine, mais également en Amérique du Nord, en Arabie Saoudite, ainsi qu'en Europe. Les fruits taïwanais sont très appréciés pour leur qualité et leur goût bien sucré. Les arbres fructifiant tout au long de l'année, grâce à la douceur du climat taïwanais, chaque saison a ses récoltes. La Banque de Taïwan a même fait imprimer un calendrier des fruits taïwanais selon leur saison de récolte qui a remporté un succès éclatant.

Voici les fruits les plus appréciés :

(1) La Mangue（芒果）

Originaire des forêts de l'Inde, du Pakistan et de la Birmanie, il existe plusieurs sortes de mangues, de la plus charnue à la plus savoureuse. Selon une légende, Bouddha reçut en don un verger de manguiers pour y méditer, ce qui lui permit ainsi de se consacrer à sa voie. Le manguier aura donc tendance à se répandre avec le bouddhisme, atteignant au Ve siècle av. J.-C. L'Extrême-Orient : le pèlerin XuanZang（玄奘）l'aurait ramené en Chine de son voyage en Inde. À Taïwan, la glace pilée aux mangues（芒果冰）est un dessert à ne pas manquer, surtout en été (juin-août). Comme ce fruit est riche en Vitamine C, il peut diminuer la croissance des cellules cancéreuses, notamment le cancer de la prostate.

La mangue

(2) L'Ananas（鳳梨）

Le mot nanànanà signifie « parfum des parfums ». Ce fruit est originaire d'Amérique du Sud, plus précisément du Paraguay, du nord-est de l'Argentine et du sud du Brésil. Le poids du fruit est proportionnel au poids du pied au moment de la floraison : l'art du planteur consiste donc à le faire « fleurir » au bon moment.

L'ananas

En 1493, Christophe Colomb le découvrit lorsqu'il arriva en Guadeloupe. En effet, pour les habitants, la tranche d'ananas était un cadeau de bienvenue pour les navigateurs qui débarquaient chez eux, afin qu'ils se désaltèrent, après le long voyage sur l'eau salée. Dans son ouvrage « Histoire générale des Antilles habitées par les Français en 1667 », le père Dutertre parle de l'ananas comme du roi des fruits, car, écrit-il, « Dieu lui a mis une couronne sur la tête ». En taïwanais, on appelle ce fruit « Won lai »（旺來）, mot qui veut dire l'arrivée de la prospérité. Il est donc certain que c'est un fruit connoté très positivement.

Selon certains connaisseurs, la qualité de l'ananas de Taïwan mérite la médaille d'argent, juste après Hawaï. L'ananas taïwanais est moins fibreux, en le dégustant on a une sensation agréable au palais ; il est juteux, sucré, rafraîchissant.

À propos, le gâteau à l'ananas fait partie des achats incontournables des touristes étrangers. Les clients peuvent choisir cette spécialité sucrée en fonction du taux de sucre qu'elle contient (très sucrée, sucrée, peu sucrée, acidulée...).

(3) Le Litchi （荔枝）

Le litchi vient de Canton, dans le sud de la Chine, la fameuse histoire[3] de l'Impératrice Yang Quai Fei a même rajouté la valeur de ce fruit. Il est parfumé et juteux, riche en Vitamine C. En mai, on attend avec impatience la saison du litchi, car elle ne dure qu'un mois, il faut donc saisir l'occasion ! En 2010, un Taïwanais, Wu Bao Chun （吳寶春）, a remporté le championnat de la fabrication du pain en France ; un des secrets de son succès, c'était le parfum du litchi ! Ce fruit précieux

Le litchi, dada de l'impératrice Yang Quai Fei

---

3   Le litchi est un fruit du sud de la Chine, très friand par l'impératrice Yang Quai Fei de la Dynastie Tang (618-907) qui vit dans le nord, pour lui plaire, l'empereur l'a commandé en expédiant par le cheval en une journée afin qu'il garde sa fraîcheur.

peut entrer dans diverses préparations : jus de fruit, sorbet, confiture, miel, bière au litchi... Le jus de litchi peut être également transformé en alcool. Michel Boym, en 1656, signalait déjà cette pratique en Chine[4].

(4) La Goyave (ou la gouava) 〔芭樂〕

a. Petite histoire de la goyave 〔芭樂小史〕

La goyave

Les goyaves sont originaires du Mexique, de l'Amérique centrale ou du nord de l'Amérique du Sud dans la région des Caraïbes. Les sites archéolo-giques au Pérou ont donné des preuves de la culture de la goyave dès 2500 avant J.-C.

Maintenant, les goyaves sont cultivées dans de nombreux pays tropicaux et subtropicaux. Plusieurs espèces sont cultivées commercialement ; le goyavier-pomme est le plus couramment commercialisé au niveau international. Les goyaves poussent également dans le sud-ouest de l'Europe, en particulier sur la Costa del Sol à Malaga (Espagne) et en Grèce.

À Taïwan, la goyave, cultivée depuis 300 ans, est connue sous le nom de ba-le〔芭樂〕. Au niveau de la forme, le fruit rappelle la grenade et comme cette dernière, contient de nombreuses graines à l'intérieur. Puisque ce fruit est venu de l'étranger, il est également connu sous le nom de fan-shi-liu〔番石榴〕(qui signifie « grenade étrangère »). La goyave fraîche, découpée en morceaux, est vendue aux coins de rues et dans des marchés de nuit, accompagnée d'un petit sachet contenant de la poudre de prune séchée mélangée à sucre et du sel pour tremper. Le fruit est aussi souvent inclus dans les salades de fruits.

Parmi les nombreuses variétés de goyave, la forme ovale avec une peau vert-

---

4 Le Bellec Fabrice, Renard-Le Bellec Valérie, *Le grand livre des fruits tropicaux*, CIRAD et édition Orphée, 2007.

jaune est particulièrement appréciée en été. En plus d'être riche en vitamine C et posséder une saveur subtile, la goyave perlée est la variété la plus sucrée parmi les différentes goyaves. Il existe aussi la goyave au coeur rouge. À la voir, on dirait qu'elle a été picorée par les oiseaux. En réalité, cet aspect particulier est dû à la nature volcanique de la terre où cette variété a été produite ; elle est sucrée et son parfum rappelle un peu celui de ginseng.

b. Les Principes d'achat（如何選購）

Si on veut acheter une goyave de bonne qualité, on choisira de préférence un fruit de taille moyenne. Sa forme ne doit pas être trop longue et il ne doit pas y avoir de taches pourries à la surface. Le fruit doit avoir une couleur vert vif ainsi uniformément répartie sur sa surface avec une peau brillante plutôt que rugueuse et bosselée. La goyave de qualité doit avoir le « nombril » (cavité qui se trouve sur la partie opposée à la queue) resserré et une sensation de poids lorsqu'on la tient dans la main.

c. La Médecine populaire（藥材）

Depuis les années 1950, les goyaves – notamment les feuilles – ont été étu-diées pour leurs constituants, leurs propriétés biologiques potentielles ainsi que l'histoire de la médecine populaire. Elles se servent comme infusion, il paraît que c'est excellent pour la santé des femmes en Asie du Sud-Est.

(5) La Pomme cannelle（la tête de Bouddha, 釋迦）

C'est un fruit tropical, originaire de l'Amérique du Sud et de l'Afrique de l'Ouest, bien curieux qui a la forme de la tête de Bouddha ; Il est gros comme une pomme, sous ses écailles épaisses et molles se trouve une chair blanche, tendre, sucrée et parfumée, avec des pépins dedans. On le

La tête de Bouddha !

cultive notamment à Taidung, sur la côte Est de Formose. À cause de sa fragilité, il est difficile de l'exporter dans des pays lointains. Puisqu'il est rarissime, il est très apprécié par les amateurs de fruits et constitue un beau cadeau à offrir aux proches, surtout en janvier, saison propice à sa récolte. En plus d'être délicieuse à manger, la pomme cannelle a aussi une utilisation pratique bien particulière : l'huile extraite de ses graines est employée contre les parasites agricoles. Au Mexique, les feuilles sont frottées sur les planches et mises dans les nids de poules afin de repousser les poux.

La jambose perlée

Le kaki

(6) La Jambose （蓮霧）,（wax apple en anglais）

La jambose est originaire de l'Indonésie, l'arbre fruitier peut atteindre 10 mètres de hauteur. L'aspect lisse et brillant de sa peau – comme de la cire – est à l'origine de son nom anglais « wax apple » en raison de sa forme qui rappelle une cloche, on l'appelle aussi « bell fruit ». En revanche, si l'on traduit littéralement le nom chinois du fruit, il s'appellera « lotus du brouillard ». Que c'est poétique ! En fait, au début, ce n'était pas un fruit apprécié à cause de sa texture spongieuse et son goût peu sucré. Mais avec le temps, ça a changé ; à présent, les gens préfèrent les fruits légèrement sucrés, au parfum naturel. Eh bien, le « lotus du brouillard » entre dans les bonnes grâces auprès des consommateurs… Tout comme la pomme cannelle, c'est un fruit très fragile et délicat qui supporte mal le voyage. A Taïwan, on en trouve au marché de décembre à mai.

(7) Le Kaki （柿子）

Parmi plusieurs centaines d'espèces qui composent le genre botanique Diospyros, au sein de la famille des Ebénacées, l'espèce Diospyros kaki (le plaqueminier), originaire de Chine et du Japon, est, à n'en pas douter, la plus connue. Et pour cause : c'est elle qui produit les délicieux fruits – les kakis – consommées dans le globe entier. Etymologiquement, ce sont … « les fruits des dieux » (du grec dios, divin, de Zeus, et puros, blé, par extension, fruit).

Si ce sont principalement les fruits qui font la réputation de cet arbre, celui-ci a aussi d'autres atouts : son beau feuillage vert sombre qui vire au jaune orangé en automne et ses petites fleurs campanulées couleur beige qui s'épanouissent discrètement au printemps.

À Taïwan, on peut admirer les vergers entiers de plaqueminiers du côté de Xinpu （新埔）. La récolte de ces fruits, en automne, est mise en valeur par leur exposition au soleil sur des claies afin d'obtenir des fruits séchés, très prisés par les Taïwanais et les Japonais. L'image des kakis séchant ainsi au soleil est très impressionnante et compte parmi les attractions les plus emblématiques du pays.

4. Les Ustensiles de table （食器）

Les baguettes jouent un rôle primordial dans la culture alimentaire en Asie. Les Chinois utilisent le kuaizi (les baguettes, 筷子) comme principaux ustensiles de table depuis plus de 3000 ans. L'apparition des baguettes, tout comme celle des fourchettes, des cuillières et des couteaux dans les pays occidentaux, ayant mis fin à l'époque où nos ancêtres mangeaient à la main, a incarné l'arrivée de la civilisation.

D'après les documents historiques, le dernier empereur Zhou（紂）de la Dynastie Shang（商朝，1100 avant J.C.）avait utilisé les baguettes en ivoire. Cependant, l'histoire des baguettes en bambou ou en bois pourrait remonter à mille années avant celle de ces baguettes de luxe.

Les baguettes, l'emblème des ustensiles de table asiatique

Les baguettes en bronze ont été inventées sous la Dynastie Zhou de l'Ouest （西周）, puis les baguettes en or ou en argent sous la Dynastie Tang（唐朝）. On dit que les baguettes en argent permettent la détection du poison dans la nourriture ; par conséquent, les empereurs avaient tout à fait intérêt à s'en servir.

Sachez enfin qu'il existe certains tabous sur l'emploi des baguettes auxquels nous devons faire attention :

a. Ne frappez pas le bol ou l'assiette avec les baguettes en faisant du bruit ; seuls les mendiants le font.

b. Il ne faut pas tendre votre index ni pointer les baguettes vers les autres ; ce geste est considéré comme malpoli.

c. Il est impoli de sucer le bout des baguettes ; piquer tous les plats sans décider ce que l'on va prendre est également inadmissible.

d. Ne plantez jamais les baguettes dans les aliments, on ne le fait qu'en brûlant les bâtonnets d'encens pour honorer un défunt.

Chapitre 5

第 5 章

L'Art
藝術

藝術

　　典型的臺灣表演藝術包括布袋戲、皮影戲、歌仔戲等，其中布袋戲最風行。而臺灣古典亞洲藝術品的收藏，早已聞名遐邇，最著名的博物館，則非臺北故宮博物院莫屬。而舞蹈藝術，它揉合了傳統與現代文化，並由貴族的殿堂走向普羅大眾。

1. 布袋戲

　　據說明朝福建省泉州有位懷才不遇的讀書人梁炳麟，將一肚子的無奈與不滿編成布偶劇，在鄉里間表演。這項民間藝術隨著先民傳入臺灣。講到布袋戲，就不能不提到李天祿大師，他還曾在侯孝賢導演的《戲夢人生》中客串演出。法國的布偶大師 Jean-Luc Félix 曾拜師為徒；如今荷蘭籍的 Robin Erik Ruizendaal 在臺北創設了太原亞洲布袋戲博物館，而本國的霹靂布袋戲團則加入科技音效及現代元素，揚名國際。

2. 雲門舞集

　　雲門舞集成立於 1973 年，由林懷民領導，為華人地區第一個現代舞蹈團體。它結合傳統舞蹈、太極、氣功和西式肢體訓練，並將書法、詩歌及音樂融入其中，呈現東方美學藝術，並擄獲歐洲人的心。其中《稻禾》最令人印象深刻，它體現了東方陰陽結合的哲學意境，突顯天、地、風、火、日、月、水等大自然元素對人類的重要性。雲門舞集不僅在國家劇院演出，走上國際舞台，每年亦免費在自由廣場表演，也曾於臺東田間展現舞姿。

3. 故宮博物院

　　1949 年中華民國遷臺時，帶來 70 萬件故宮寶貝，其中多為宋、元、明、清文物，這也說明了為何如今的紫禁城稍顯「空曠」。故宮主要收藏品包括

七大類：

(1) 銅器：此乃商周時代的器皿，有燉肉鍋、酒器等。

(2) 字畫：最出名的莫過於《清明上河圖》、郎世寧的《百駿圖》，此外兩岸各執一半的《富春山居圖》也是話題之一。秋高氣爽時期為展示書、畫的好季節。

(3) 陶瓷：其中宋朝的哥窯（五大名窯之一）出品之瓷器，呈淡青色並具意外的裂紋之美，但在當時並不受珍愛。明朝的青花瓷和清朝的粉彩，燒製技術高超，令人嘖嘖稱奇，有些甚至極具現代感，這可能與當時和西方人海上貿易有關，圖案上存有文化交流的痕跡。

(4) 古籍：紙張、手稿保存不易，西藏的唐卡、蒙古和滿洲的文獻亦為稀世珍寶。和字畫一樣，故宮僅在秋季天氣乾爽時節會短暫展出。

(5) 玉：故宮中的黃玉雕刻堪稱一絕，當然，最有名的仍歸翠玉白菜。

(6) 佛教文物：佛教文物包括祭祀用品、雕刻、佛經等，最珍貴的當屬西藏文物。

(7) 珍寶與古玩：這些都是皇帝的玩具，其中以橄欖核雕成的小舟，簡直是巧奪天工，細緻可人。

4. 臺北故宮三寶：

(1) 毛公鼎：雖為周朝文物，卻於清道光年間在山西出土。可貴的是銅器上刻了 497 個文字，表示當時已有文字，並證明它的主人是毛公。

(2) 翠玉白菜：這項雕刻精品乃清光緒妃子的嫁妝，它長 9.1 公分、寬 5.07 公分、高 18.7 公分，約巴掌大小。除了狀如白菜外，上面還雕刻了一隻栩栩如生的蟋蟀，好酷。

(3) 肉形石：其實那是一塊狀似東坡肉的黃玉，超吸睛，為清朝的御品，年代久遠，不能吃。

此外，政府在嘉義設了故宮南苑，它則以東南亞的文物為主力。

L'Art

· ·

Les spectacles typiquement taïwanais comme les marionnettes, le théâtre d'ombres, l'opéra taïwanais font partie intégrante de la culture populaire taïwanaise. Parmi eux, les marionnettes ont le plus de succès. La collection d'art classique asiatique à Taïwan est très réputée depuis longtemps. Le musée le plus célèbre est le Musée National du Palais de Taipei. Quant à l'art de la danse, il mélange la culture traditionelle et moderne, et il est passé de l'art aristocratique au populaire.

1. Les Marionnettes（布袋戲）

Le spectacle de marionnettes est né en Chine, mais s'est épanoui à Taïwan. Un magnifique castelet sculpté et doré à l'or fin sert d'écrin à ces personnages parés de leurs costumes en soie. Dans la plupart des cas, les marionnettes sont enfilées comme des gants. La musique qui accompagne ces représentations fait appel aux instruments traditionnels que sont la pipa（琵琶）, l'orgue à bouche（南管）et les percussions. On joue souvent aux marionnettes devant les temples à l'occasion des fêtes.

A Taïwan, les montreurs de marionnettes étaient initialement des prêtres taoïstes. L'origine de ces spectacles est donc religieuse : ils aidaient au passage de l'âme dans l'au-delà.

Le plus grand maître marionnettiste à Taïwan fut Li Tien Lou（李天祿）qui a obtenu la palme d'or au Festival de Cannes en 1993, grâce au film de Hou Hsiao-Hsien（侯孝賢）, « Le Maître de marionnettes »（戲夢人生）. Parmi ses disciples, il y a un

Les marionnettes de Pili

Français, Jean-Luc Félix, qui est devenu un grand maître des marionnettes en France.

Notons, à titre d'anecdote, que notre ancien représentant du Bureau taïwanais en France, Monsieur Michel Lu, avait improvisé une fois un spectacle de marionnettes devant un public français, totalement conquis par la magie de la représentation. Par ailleurs, Robin Erik Ruizendaal, d'origine néerlandaise, est directeur du Musée des marionnettes asiatiques de Taiyuan. Venez découvrir le travail de ce grand passionné, sous le charme des marionnettes de la région.

Bien entendu, il ne faut pas oublier La Compagnie des marionnettes Pili（霹靂布袋戲）, tenu par les petits fils d'un autre maître, Huang Hai-tai. Elle est internationalement connue pour ses performances ainsi que ses effets techniques. Il existe également des émissions consacrées à l'art des marionnettes à Taïwan, à la télé et sur Internet.

2. La Porte des Nuées（雲門舞集）

La légende veut que la plus vieille danse connue en Chine porte le nom de « Porte des nuées » (Cloud Gate). Il s'agit d'une danse rituelle datant d'il y a 5000 ans. Le chorégraphe Lin Hwai-Min（林懷民） adopte, en 1973, ce nom classique et fonde le Théâtre de Danse de Taïwan, première compagnie de danse contemporaine, dans la collectivité sinophone.

La Porte des nuées ancre son riche répertoire dans les mythes, le folklore et l'esthétique asiatiques que les chorégraphies de Lin Hwai-Min transposent dans une vibrante célébration contemporaine du mouvement. Dans ses créations, le chorégraphe marie avec talent et grand naturel la danse contemporaine occidentale (influencée par Marthe Graham), le ballet classique, la danse traditionnelle chinoise et les arts martiaux de Chine tels que le Tai-Chi（太極） et le Gi-Gong（氣功）. Associés à la grande fluidité des corps des danseurs, ses spectacles se nourrissent de l'esthétique orientale, où images et calligraphie jouant avec chants, poèmes et musique, créent de larges fresques de nature fort poétique. Cette approche raffinée de la danse a immanquablement séduit le public européen.

C'est notamment son spectacle « Rice »（稻禾）qui a été apprécié pour son admirable savoir-faire. La pièce nous emmène dans l'univers des rizières. Un vaste champ se déploie, projeté au fond de la scène : de magnifiques images montrent le cycle de la culture typiquement asiatique, de la plantation aux brûlis, en passant par la germination, la récolte ainsi que le battage.

Les danseurs se déploient devant ce paysage changeant qui, selon les 4 saisons, ondoie sous la brise, mûrit dans la chaleur et devient chaumes puis cendres. Leurs mouvements se déclinent d'après les éléments suivants : ciel, terre, vent, feu, eau, soleil, lune... Tout ceci connote si bien la philosophie du yin（陰） et du yang（陽） que l'on pense au Yi-King（易經）, le livre des transformations. Les lu-

Les spectacles de La Porte des nuées

mières subtiles dessinent au sol des irisations mouvantes et immergent les danseurs dans une atmosphère aquatique, entre ciel et terre.

3. Le Musée National du Palais de Taipei （臺北故宮博物院）

Le Musée national du Palais de Taipei a recueilli les collections du palais impérial de la Cité Interdite de Pékin. Abritant quelques 700,000 pièces d'art chinois, il est considéré comme la plus importante réserve des trésors culturels chinois, et la plus grande collection d'objets artisanaux chinois du monde. En comparaison, le

Le Musée National du Palais de Taipei - un must !

Musée du Louvre ne comprend que 460,000 œuvres...

Lors de la montée au pouvoir du parti communiste chinois, les nationalistes se réfugient à Taïwan et emmènent avec eux une partie des collections dont les plus belles œuvres. À l'origine, ces biens de l'Etat étaient sauvegardés à Taizhong, situé au centre de Taïwan, le gouvernement les a transférés, au fur et à mesure, à Waï-Shuang-Hsi（外雙溪）, le lieu actuel. Cela explique pourquoi la Cité Interdite paraît vide pour les visiteurs.

On trouve dans le musée des pièces datant de l'âge de Pierre jusqu'à la période républicaine. La majorité de ces pièces provient de la cour mandchoue (Dynastie Qing) et datent des quatre dernières dynasties (Song, Yuan, Ming, Qing).

Les collections principales contiennent 7 catégories d'œuvres :

(1) Les Bronzes（銅器）

L'âge de Bronze chinois date autour de 2000 av. J.-C. Il atteint son apogée durant les Dynasties Shang（商朝，XVIe-XIIe siècle av. J.-C.）et Dynastie Zhou occidentale（西周，XIIe-VIIIe siècle av. J.-C.）. La collection comprend différents récipients cérémoniaux servant au culte des ancêtres ou pour les cérémonies du pouvoir féodal ainsi que des masques d'animaux.

(2) La Calligraphie et les peintures（字畫）

Les œuvres du musée proviennent de la collection impériale mandchoue. Presque tous les grands maîtres de la calligraphie chinoise y sont représentés. La peinture sur soie « Le jour de Qingming au bord de la rivière »（清明上河圖）est dans un parfait état de conservation au musée. Cette peinture présente la vie quotidienne des peuples de la Dynastie Song pendant le Jour des Ancêtres, il s'agit du côté festif et de l'agitation profane de la fête. Une autre œuvre célèbre, « Les cents chevaux »（百駿圖）de Giuseppe Castiglione（郎世寧）, peintre italien devenu officier à la cour impériale, fait partie du trésor.

(3) Les Céramiques（陶瓷）

La collection comprend de nombreuses pièces de la Dynastie Song caractérisées par une élégance artistique, cependant peu appréciées à l'époque, et celles des Dynasties Ming et Qing se distinguant par une vitalité et une créativité de leurs motifs ultra-modernes grâce aux échanges commerciaux avec les pays occidentaux !

(4) Les Livres anciens et les documents（古籍）

Le musée possède une grande variété d'ouvrages rares, des imprimés et des manuscrits, datant de la Dynastie Song à la République. La collection comprend même des manuscrits tibétains illustrés de thangka（唐卡）à l'or fin, des livres mongols, mandchous, japonais et coréens.

(5) Les Jades（玉）

On y trouve également de nombreux objets en jade. À voir absolument : le fameux chou datant de la Dynastie Qing.

(6) Les Objets bouddhiques（佛教文物）

La collection comprend des sutras, des sculptures ou des objets cérémoniaux. Les plus rarissimes sont les objets de style tibétain.

(7) Les Objets précieux et les curiosités（珍寶與古玩）

De nombreux objets tels des laques, des sculptures, des pendules, des porcelaines, ainsi que des boîtes à trésor pour ranger des bibelots précieux, ---- c'était les « jouets » des empereurs ---- figurent également dans les collections du musée. Une miniature du très haut niveau, comme « le Bateau sculpté à partir d'un noyau d'olive », est fort appréciée par les visiteurs.

4. Trois trésors du Musée National du Palais de Taipei（臺北故宮三寶）

Trois trésors méritent une mention spéciale : ils sont au Musée National du Palais ce que sont La Joconde, La Victoire de Samothrace et La Vénus de Milo au Musée du Louvre. Ce sont Mao Gong Ding, Le Chou en jade et La Pierre en forme de viande :

(1) Le tripode du duc Mao（毛公鼎）

Les dings sont des chaudrons tripodes en bronze, largement utilisés comme réceptacles rituels. On peut y faire cuire de la viande ou y mettre de l'alcool. Ils devinrent des symboles hiérachiques sous la Dynastie Zhou (1046-256 av. J.-C.).

Le tripode du duc Mao (Mao Gong Ding) que l'on trouve au Musée du Palais,

Le tripode du duc Mao

Le chou en jade, incomestible, bien entendu

fut mis à jour à la fin de la période Daoguang（道光）, dans la province du Shanxi
（山西）en Chine. La paroi intérieure du réceptacle contient 497 caractères ; il s'agit
de l'inscription sur bronze la plus connue à ce jour. La valeur de ces estampes est
comparable à celle de la première édition d'un livre rare.

(2) Le Chou en jade（翠玉白菜）

Le chou en jade est un morceau de jade sculpté prenant la forme du chou
chinois en sa partie supérieure. Mais ce que vous ne savez peut-être pas, c'est
que le chef-d'œuvre est doté d'un criquet et d'une sauterelle camouflés dans ses
feuilles. La sculpturette est d'une hauteur de 18,7 cm et d'une longueur de 9,1 cm.
Quant à l'épaisseur, elle atteint 5,07 cm. L'objet est « à peine plus grand qu'une
paume d'homme ».

Ce petit trésor plein de finesse a d'abord été exposé dans le palace de Yonghe

（雍和宮）de la Cité Interdite, la résidence de l'Impératrice Jin, épouse de l'Empereur Guangxu（光緒）de la Dynastie Qing. L'Impératrice l'aurait reçu dans le cadre de sa dot pour son mariage en 1889.

(3) La Pierre en forme de viande （肉形石）

La Pierre en forme de viande est un morceau de jaspe sculpté en forme de porc Dongpo（東坡肉）. La pierre a été taillée au cours de la Dynastie Qing à partir d'un morceau de jaspe composé de couches de diverses nuances. L'artisan a eu le génie de sculpter la pierre en utilisant les couleurs naturelles des couches offrant une ressemblance frappante avec des couches de graisse et de viande, puis de teindre la surface pour lui donner l'apparence d'une couenne.

La pierre en forme de viande, trop précieuse à croquer

Ces œuvres sont considérées aujourd'hui comme trois trésors du Musée National du Palais. Elles ont aussi été désignées par le public comme étant les éléments les plus précieux de toutes les collections du Musée.

En outre, le gouvernement a fondé le Musée national du Palais de Chiayi, il recueille principalement les oeuvres de l'Asie du Sud-est.

Chapitre 6

Les Sources chaudes

溫泉文化

溫泉文化

臺灣位於地震頻仍區，有上百處溫泉，分布全省各地，質量方面世界排名 15，大致可分為三大類：

(1) 青泉：含礦物質和碘，可治皮膚病、風濕病和頭痛。

(2) 白泉：具硫礦味，可治肝病、糖尿病、胃腸不適或皮膚病。

(3) 礦質水：它可醫治發炎或緩解神經緊張。

1. 北投溫泉

北投溫泉位於大屯山火山群旁，呈休眠狀態，但殘存火山活動過的痕跡，具硫礦質，它竟然是 19 世紀一位德國樟腦商人發現的。日據時代，在此則開設了不少旅館、公共澡堂，甚至當時的日本皇太子（後來的昭和天皇）也曾造訪，如今現址為北投溫泉博物館。和日本不同的是，北投的公共浴池除了男女分浴，且要穿泳衣，不過豪華的溫泉旅館則設有裸浴池。

2. 烏來溫泉

烏來小鎮對面，就有景觀絕佳的面山溫泉，若干溫度不一的公共露天池子可供享用。它是屬於青泉，含碘及其他礦物質，味道較不刺鼻。若偷得浮生半日閒，洗浴之後何妨來趟烏來老街行，品嘗泰雅族原住民的美食，保證回味無窮。

3. 礁溪溫泉

位處宜蘭附近的礁溪，有個湯圍溝溫泉公園，著名的是當地池子裡養了會替遊客去足部角質皮的小魚！接受洗禮後，雙腳越發白嫩。那兒也有免費的公共澡堂，分男湯、女湯，然而可得全裸上陣喔。

4. 谷關溫泉

　　於日據時代，原住民發現了谷關溫泉，谷關有兩處溫泉，約 48℃，泉水可供飲用及洗浴，並改善香港腳、皮膚病、胃腸不適、關節、神經痛等。此外，那兒尚有一未卜先知的摸骨大師，許多政商名流都曾造訪，排隊掛號自不能免。

5. 綠島冷泉

　　至於綠島，甚至還有海上冷泉，不過以往戒嚴時期只有犯人才有「特權」可以邊泡邊哼《綠島小夜曲》囉。

Les Sources chaudes

Les sources chaudes à Taïwan sont un must pour de nombreux visiteurs ; elles sont très appréciées non seulement en tant que curiosité, mais aussi pour leurs bienfaits thérapeutiques. Celles-ci sont en effet nombreuses : les sources chaudes procurent un soulagement des troubles nerveux, digestifs, circulatoires et apaisent toutes sortes de maux. Les eaux contiennent un puissant mélange de minéraux naturels et de produits chimiques naturels qui font du bien à la santé. Il faut savoir que Taïwan est placé parmi les 15 premières destinations de sources chaudes dans le monde.

Les eaux thermales sont classées en trois catégories :

(1) Les eaux vertes qui contiennent des minéraux et des éléments ionisants, guérissent les maladies de peau, les rhumatismes et apaisent les maux de tête.

(2) Les eaux blanches, à la forte odeur de soufre, servent de traitement des maladies du foie, du diabète, de la gastro-entérite et des affections cutanées.

(3) Quant aux eaux ferrugineuses, elles sont un remède contre les maladies nerveuses et l'inflammation des muqueuses.

1. La Source chaude de Beitou （北投溫泉）

Bien que la chaîne de volcan Datun（大屯山）qui se trouve à côté du Beitou soit maintenant en sommeil, il existe tout de même des traces d'activité post-volcanique, comme les solfatares. Auparavent, le week-end, les Taipéiens venaient souvent pique-niquer aux alentours du Volcan Datun en prenant un grand plaisir à faire cuire des oeufs dans les eaux fumantes au pied du même nom, mais en raison de la

La source thermale à Beitou

sécurité et de l'hygiène publiques, maintenant on ne peut que contempler la belle vue de loin.

Chose étonnante, les sources thermales à Taïwan ont commencé à être exploitées en 1893 par un homme d'affaires allemand venu dans l'île faire du commerce du camphre (à cette époque-là, Taïwan est surnommé « l'île des senteurs »). Il a créé le premier établissement thermal à Beitou（北投）.

Le poster du musée des sources chaudes

Plus tard, pendant l'Occupation Japonaise (1895-1945), les autorités locales avaient construit des bains publics, des hôtels, des santoriums. L'eau était tellement bonne dans ces établissements que même l'empereur japonais est venu en profiter. En 1997, la municipalité de Taipei a décidé de restaurer le bâtiment et de le rouvrir au public en y installant le musée des sources chaudes de Beitou. A présent, le lieu où il a séjourné est devenu un musée de sources thermales.

Contrairement aux habitudes japonaises, les baigneurs portent un maillot dans le bain public en plein air, hommes et femmes séparés. Néanmoins, il existe également des bains de luxe où on peut être en simple appareil.

2. La Source chaude de Wulai（烏來溫泉）

Située juste en face de la vieille rue du village de Wulai, cette source chaude est une merveilleuse manière d'appécier la beauté montagneuse de cet endroit. Certaines sources chaudes sont constituées même de plusieurs piscines en plein air,

La source chaude de Wulai

avec de différentes températures. Elles contiennent des minéraux et des éléments iniosants, c'est pourquoi elles sont un peu vertes. Si vous êtes à Wulai, n'oubliez pas de vous promener le long de la vieille rue pour goûter des mets traditionnels de la cuisine Atayal !

3. La Source chaude de Jiaoxi （礁溪溫泉）

Le parc de Tangweigou （湯圍溝）, situé à proximité de la zone thermale de Jiaoxi renommée Yilan, est réputé pour sa piscine thermale où les petits poissons rongent la peau morte de vos pieds pendant que vous vous relaxez. Ce traitement spa rend votre peau de pieds plus blanche et plus lisse. Il y a également des bains publics gratuits, séparés pour les hommes et les femmes, or les personnes doivent se mettre en costume d'Adam (ou d'Eve) .

4. La Source chaude de Guguan （谷關溫泉）

La source chaude de Guguan a été découverte par les aborigènes locaux, pendant la période de domination japonaise. En 1927, les Japonais y ont construit un bain public.

En 1937, Kinji Yamada, un Japonais, a trouvé beaucoup d'artefacts en pierre antique dans la région. De nombreux objets de même nature ont également été trouvés dans les années 1950, menant ainsi à la création du site archéologique de Guguan, dans cette région.

Il existe deux sources chaudes dans ce site : l'une dans la vallée de la communauté touristique des sources chaudes et l'autre dans le cours supérieur de la vallée. L'eau de source émerge des contreforts et elle est très abondante. La température de la source est d'environ 48 degrés Celsius et la concentration en ions hydrogène est de 9, ce qui rend cette eau potable et utilisable pour les bains. On dit que cette eau aide à améliorer l'arthrite, la névralgie, les maladies gastro-intestinales, les pieds de

Hong Kong et les maladies cutanées malignes.

Par ailleurs, sachez qu'en visitant ce site vous pouvez consulter un diseur local fort réputé, capable de prédire votre avenir rien qu'en tâtant vos os. Cette attraction génère en fait un tourisme à part.

5. La Source froide de l'île Verte （綠島冷泉）

Jhorih est l'une des sources thermales salées au monde[1], ce phénomène naturel est l'une des attractions les plus célèbres de l'île Verte. Si les sources chaudes jouissent à Taïwan d'un immense succès, sachez qu'il existe également une source froide dans cette île. Située à l'est de Formose. Auparavent, c'était une île prisonnière, seuls les prisonniers avaient « le privilège » de s'y baigner pour un bain de nuit en contemplant l'immense Océan Pacifique et en chantonnant la Sérénade de l'île Verte （綠島小夜曲）[2] ...

---

1 Les deux autres sources salées se situent au Japon et en Italie.
2 Selon certains, « La Sérénade de l'île Verte » a été composée par un prisonnier politique en île verte durant le régime de Chiang Kai Sheck.

Chapitre 7

第 7 章

Le Paysage naturel

自然景觀

自然景觀

··

1. 阿里山和玉山

在面積僅 3 萬 6 千平方公里的臺灣，竟擁有多座 3 千公尺以上的群山峻嶺，甚至還有高聳的中央山脈，可謂奇觀。除了玉山、阿里山外，還有合歡山、雪山、大禹嶺、奇萊山等爭奇鬥險。訪祕境、探險山是一般老百姓很喜愛的戶外活動，但不建議單獨前往⋯⋯

(1) 阿里山：阿里山有七大神奇不容錯過：

    a. 19 世紀即存在的登山小火車：以往功能是運送木材；如今它是全臺目前最早發車、最早收班的小火車，但僅供觀光，欣賞日出、雲海之用。每到週末假日，經常人山人海。

    b. 2300 歲的紅檜：山上不乏千年古木，尤以珍稀良木紅檜最知名。

    c. 雲海

    d. 日出

    e. 日落

    f. 阿里山高山烏龍：沒喝過阿里山高山烏龍，不知什麼是好茶。

    g. 頂級芥末：由於產量不多，嘉義人因地利之便有福享用新鮮芥末，其他人就得看情形了。

(2) 玉山：臺灣最高峰在玉山，高達 3952 公尺，想申請登山證比樂透得獎還難。加油！

2. 太魯閣

涼亭、廟宇高掛在大理石峭壁上，且隧道、吊橋相連，有時還有燕子穿梭其中，可謂「山在虛無飄紗間」，難怪太魯閣峽谷成了臺灣最受歡迎的國

際級旅遊景點。花蓮太魯閣一帶石材豐富，大理石、玫瑰石、臺灣玉都遠近馳名。不過太多遊客順手「帶紀念品回家」，現在連海邊石子也謝絕攜走。水上活動也不少，溯溪、泛舟，不一而足。

3. 日月潭

日月潭原屬邵族的領地，日據時代還被擴建成發電廠，1999 年 921 大地震後，潭中央的光華島部分受損。滄海桑田，這裡倒是個例證，而潭畔的涵碧樓，曾經是蔣公行館，如今已成了國際級旅店，有機會到那邊喝杯日月潭產的紅茶吧！想欣賞大自然美景，也可搭電纜車俯瞰翠綠的湖光山色。還有一項特別景觀：邵族人在這兒造了許多浮嶼，又名浮田，魚兒會靠近，此舉促進了潭水中的生態平衡。

4. 野柳地質公園

野柳在基隆北海岸，離臺北很近，但這靠海處竟有如此岩石風化的奇觀：最有名的當然是女王頭，以及仙履鞋、蕈狀岩和大象峭壁。然而由於海風侵蝕，女王的脖子越來越細，天然的斷頭女王嗎？！幸好有設法補強，暫時沒事，不過要拍照請早，以免相見綿綿無絕期……此處也可垂釣或欣賞多彩的熱帶魚，進入野柳國家公園，宛如入了《丁丁歷險記》裡的「神祕星球」，令人拍案驚奇！

Le Paysage naturel

1. La Montagne d'Ali（阿里山）et la Montagne de Jade（玉山）

Qui imaginerait de trouver une chaîne montagneuse de la taille du Massif Central au milieu d'une île de 36,000 km^2, surtout avec plusieurs sommets de 3,000 mètres ? Et pourtant, aussi incroyable que cela puisse paraître, Taïwan, en dépit de sa petite superficie, possède de très nombreuses montagnes qui offrent des paysages inédits et qui méritent incontestablement d'être explorées, mais jamais tout seul…

(1) La Montagne d'Ali （阿里山）

La Montagne d'Ali est une destination incontournable pour tous ceux qui veulent découvrir Taïwan. Elle est connue pour ses 7 merveilles :

Le train de la Montagne d'Ali

a. La ligne de chemin de fer datant du XIXe siècle à travers la forêt composée d'essences millénaires comme le cyprès, le cèdre jaune, l'épinette et le camphrier. À présent, il ne sert qu'au tourisme.

b. Le plus vieux « cyprès rouge », l'arbre sacré de la Montagne d'Ali, qui mesure 45 mètres, et dont la circonférence est de 12,3 mètres. Selon les scientifiques, il aurait 2300 ans.

c. La mer des nuages : le sommet de la montagne est un quasi paradis, on s'y trouve plongé dans les nuages en apercevant à peine ses cinq doigts.

d. Le lever du soleil : cette merveille appartient à ceux qui se lèvent tôt et quand il fait beau. Le soleil est parfois timide, il n'y sourit pas toujours à tout le monde.

e. Le coucher du soleil : cette fois-ci, la merveille est réservée à ceux qui savent attendre, jusqu'à la tombée du jour, quand il fait beau temps.

f. Le thé de haute montagne, notamment le oolong : une des spécialités très appréciée dans le milieu des connaisseurs. N'est-il pas très zen de se plonger dans la nature en dégustant ce fameux thé de haute montagne ?

g. La moutarde fraîche (le wasabi) : c'est une moutarde de très haute qualité ; pendant l'Occupation Japonaise, celle de la Montagne d'Ali était très recherchée par les grands bourgeois japonais.

(2) La Montagne de Jade（玉山）

La Montagne de Jade fait 3,952 m. C'est le plus haut sommet de Taïwan, surnommé le toit du pays. Les randonneurs chevronnés doivent absolument s'y rendre lors de la visite dans le coin. C'est une destination tellement populaire que

La Montagne de Jade, le plus haut sommet de Formose

Les magnifiques Gorges de Taroko

l'obtention d'un permis d'entrée demeure ardue, alors le gouvernement a instauré une loterie pour délivrer les permis d'accès. Bonne chance à vous alors !

2. Les Gorges de Taroko （太魯閣）

Les superbes gorges profondes de Taroko ont été formées par une rivière qui a creusé son chemin à travers des montagnes de marbre et de granit. C'est un endroit tout siplement époustouflant de beauté ! Un sentier sculpté dans une roche spectaculaire serpente dans les montagnes bien boisées et escarpées de milliers de mètres d'altitude. Quant à la rivière, elle gronde dans les gigantesques rochers en marbre. Outre ce genre de paysages spectaculaires, les Gorges de Taroko offrent de nombreux autres possibilités de loisir : rafting, canoë, baignade dans les cascades...

Des pavillons, des pagodes et des temples semblent s'accrocher, ici et là, aux versants de la montagne enrobés de brume. Les merveilleuses cascades, les tunnels et les ponts suspendus font des vues éblouissantes : il faut traverser un pont suspendu au-dessus d'un précipice afin de parvenir à un temple et à une pagode panoramique. Cette beauté a contribué à faire des gorges de Taroko l'attraction naturelle la plus visitée du pays. Au printemps, on voit même les hirondelles survoler les tunnels.

3. Sun Moon Lake （日月潭）

Sun Moon Lake (le Lac du Soleil et de la Lune) appartient au pays de la tribu Thao （邵族）. A l'origine, « Sun Moon Lake » formait deux lacs séparés par une colline sur laquelle vivait cette tribu. Ce lieu mythique tire son nom du fait que dans sa partie est, il ressemble au soleil et dans sa partie ouest à la lune. Pendant l'Occupation japonaise, le lac a été agrandi afin d'alimenter une centrale électrique. Mais, le tremblement de terre du 21 septembre 1999 a détruit en partie l'île. Aujourd'hui,

Sun Moon Lake, paradis terrestre

il ne reste qu'une petite île au milieu du lac. Si vous aimez bien le thé noir au parfum du miel, sachez que le Pavillon vert[1] （涵碧樓） est une bonne adresse pour en déguster. C'est un hôtel chic qui vaut incontestablement le détour. Enfin, n'oubliez pas d'emprunter le téléphérique qui survole le lac et l'île de Lalu.

4. Le Géoparc de Yehliu （野柳地質公園）

Yehliu （野柳）, signifie littéralement « saule sauvage »[2], pourtant il n'y a pas de saules dans ce parc. C'est une péninsule et un géoparc, sur la côte nord de Taïwan, entre Taipei et Keelung, réputée pour de curieuses figures formées par l'érosion. La vue sur les falaises et sur l'océan déchaîné que vous y aurez est tout aussi impressionnante.

La nature nous montre parfois toutes sortes de paysages. Etranges, perturbants, extrêmes, paisibles ou splendides, qu'importe, ils nous fascinent ! Le Géoparc de Yehliu fait partie de ceux qui sortent du commun. Sur ce petit bout de terre de 1,7km de long, le vent a façonné les rochers, en leur donnant des formes de drôles de champignon !

La principale attraction du Géoparc de Yehliu est un « rocher champignon » qui évoque par sa forme la tête de la reine égyptienne Nefertiti. Il est donc surnommé la tête de la Reine (« Queen's Head »). Aujourd'hui, ce rocher est devenu l'emblème de Yehliu et beaucoup de touristes sont prêts à faire la queue pour poser à côté de cette curiosité naturelle. Parmi les autres « statues », certaines sont appelées la chaussure de la fée, les rochers champignons, les rochers tofu et les rochers éléphants comme la Falaise de l'Etretat : cela vaut la peine de visiter cet endroit inso-

---

1 Le Pavillon vert a été la résidence secondaire de Chiang Kai Sheck de son vivant. À présent, il est devenu un hôtel de cinq étoiles.

2 En fait, le nom chinois 野柳 n'a aucun rapport avec le saule. Il se peut qu'il provienne du nom d'une tribu aborigène Pin Pu （平埔族） ou de la langue Ming Nan （閩南語） qui signifie « le riz est volé par les barbares ». Une autre origine possible, c'est son nom espagnol « Punto Diablos » (Point Diabolo) : en omettant les consonnes D et B de Diablos, la prononciation est similaire à celle de Yehliu.

Le curieux Géoparc de Yehliu

lite et de s'amuser à reconnaître ces petits chefs-d'œuvre de la nature !

Vous verrez aussi des fossiles ancrés dans le sol ainsi que des nids de poules creusés dans le sol par l'eau. Ces rochers champignons qui ont une similarité intéressante à ceux qui se trouvent à Jialesui à Kenting（墾丁佳樂水）sont soumis aux aléas de la météo et risquent malheureusement d'être érodés et de disparaître ; C'est notamment le cas de la tête de la Reine qui risque d'être « décapitée » ... (Oh là là, le guillotinage naturel !)

Au crépuscule, les touristes repartent vers d'autres destinations, fuyant les moustiques (ces bestioles préfèrent la pénombre, un peu comme les vampires) et laissant le champ libre aux pêcheurs à la ligne. Il existe même des poissons tropicaux fort colorés. Le parc retrouve ainsi son calme et son air mystérieux.

Entrer au Géoparc de Yehliu, c'est un peu comme si on était plongé dans la BD de Tintin « l'Etoile mystérieuse ». Dépaysement garanti !

第 8 章

Le Royaume des couleurs et des parfums

色彩與香氛王國

色彩與香氛王國

　　色彩繽紛、香氣迷人的花朵，在臺灣俯拾可見，於日常生活中扮演不可或缺的角色；不論大自然、公園、花市和花展，百花爭艷，四季不停歇。

1. 氣候

　　在介紹植物之前，先談談臺灣氣候。地處亞熱帶的福爾摩沙，春、秋季略短，夏季較長，而冬季偏濕冷，然而很少下雪。不過在面積僅 3 萬 6 千平方公里處，地理景觀卻十分豐富。

2. 花朵

　　臺灣花朵種類繁多，且農業發達、農林研究與培育績效斐然。

(1) 蘭花

　　野生蘭花最多的地方在臺灣南部的嘉義，淺紫花種迎風搖曳，令人不禁不駐足觀賞。這類品種也適合南歐氣候，譬如法國的蔚藍海岸，至於中國繡線蘭則產於北部，花期是每年 3-4 月。

(2) 薑花科

　　薑花科植物適合熱帶氣候，因此在臺蓬勃生長一點也不稀奇。月桃花、天堂花、野薑花就是最佳代表。

(3) 蓮花

　　「中通外直，不蔓不枝，出淤泥而不染，濯清漣而不妖……」（北宋，周敦頤，《愛蓮說》）。蓮花自古就是華人珍愛的花朵，更是佛教崇尚的花種，菩薩即坐在蓮花座。當家中有人過世，也會折紙蓮花。蓮花的根（蓮藕）、

籽（蓮子）也都可食用，曬乾的蓮花花瓣還能泡茶、佐湯呢！臺南白河、臺北植物園都是賞花景點，5 月花期時，許多愛好攝影者趨之若鶩，爭相拍照。

(4) 百合

在臺灣最常見的百合有臺灣百合（紫紅色）和香水百合（白色）。不過還有野百合：有首校園民歌就叫〈野百合也有春天〉。它在北海岸最常見，政大校園也有。

(5) 金針花

每年 8 月在花蓮、臺東山坡地一片金黃花毯，美不勝收，那就是艷麗的金針花海。新鮮金針花可炒來吃，也可曬乾後煮湯。

3. 花果樹

除了草本植物外，也不少木本植物會開花。

(1) 茶花樹

茶花有白色、殷紅色不稀奇，臺灣還有黃茶花！19 世紀法國作家小仲馬的《茶花女》是中國第一本法翻中的作品，其浪漫色彩深植人心。香奈兒的別花飾品、戒指，則有一款是茶花。不過在日本可別任意送人茶花，因為花謝時會整朵掉落，除非你希望人家斷頭！

(2) 梅樹

「春蘭、夏荷、秋菊、冬梅」，沒錯，粉白色的梅花「越冷它越開花」，象徵堅忍、長壽，它是我們的國花。它源自中國，日本、臺灣也都常見，只是花季頗短，賞花要把握時機。

(3) 櫻花樹

每年 1 月中至 3 月初，是臺灣山櫻花的花季，萬紫千紅，美不勝收。全島各處皆有，尤其武陵農場、九族文化村、淡水天元宮、陽明山的花海最為

出名。櫻花可不是日本的專利品喔！甚至臺北很多小公園也栽種，中正紀念堂也種了一整排日本櫻。

(4) 桃樹

桃花在中華文化中代表長壽或異性緣（它們並不衝突啊！），每年 1 月底至 3 月為花季，武陵農場和福壽山的桃花最漂亮。

(5) 木瓜樹

臺灣的木瓜種來自 18 世紀的中美洲，結果適應良好，而且遍地生長、四季長青。木瓜樹會開花，略帶檸檬和茉莉花香。青木瓜可做沙拉，熟成木瓜則可加牛奶變成木瓜牛奶汁，這也是我國國飲之一。

(6) 油桐樹

油桐樹原產地為中國長江流域，日據時代才引入種植。每年 4 月初到 5 月底，是桐花開的季節，客家人都會舉辦盛大的桐花季！西湖渡假村和東勢林場都是絕佳的造訪地。不過建議下過雨次日不宜賞花，滿地落英可能得演出黛玉葬花了。

(7) 木棉花樹

木棉花樹為木本植物，象徵生命與美麗，橘紅色的花朵明艷奪目，在臺北羅斯福路臺大和中部東海大學一帶都有著名的行道樹。〈木棉道〉是一首有名的校園民歌。

(8) 發財樹

發財樹的小白花也很芬芳，這種樹的葉面綠油油的，象徵繁榮，因此深受許多銀行或商家喜愛，而且它是可置於室內的盆栽，這些場所自然歡迎，多多益善啦。

(9) 美人樹

美人樹的原產地為巴西、阿根廷一帶，在臺灣也是十分耀眼的裝飾樹。

它和猢猻木、木棉花樹及發財樹為同一科。每年秋季，9 月至 12 月開花；春天則會結棉球般的果實。美人樹的兩大景點一北一南：淡水和虎尾！不過聽說它好看不好聞……此外，虎尾的美人樹道，光看遠距圖片，還以為是東京的櫻花大道！

(10) 鳳凰木

鳳凰花也是重要的熱帶花朵，鳳凰木則枝葉茂盛，堪稱頂級的遮陽行道樹。每年 6 月便是鳳凰花開的時節，且正逢各級學校畢業典禮，拍起照來留念，別具意義。

(11) 桂花樹

桂花樹是亞洲常見的樹種，它的小黃白花清香撲鼻，秋冬為盛開期。在臺灣，我們會製成桂花烏龍茶，也會做點心——桂花糕，或釀成桂花酒。現在也有調香師把它融入香皂、香精和香水中。

(12) 柑橘類果樹

檸檬樹、柳丁樹、橘子樹、柚子樹都屬柑橘類果樹，在亞洲品種繁多。它們的花朵同樣不容忽視，花期 4 月至次年 1 月。特別值得一提，佛手柑和七里香，在農曆新年時為盛開花期。

(13) 玉蘭花樹

玉蘭花樹原產地在中國中部與東部，唐朝即已種植。花朵於冬末春初的枯枝上含苞待放，令滿園芬芳。我們常在熙來攘往的十字路口，看到小販冒著生命危險穿梭於車輛之間兜售一串串玉蘭花，真是險象環生。

(14) 梔子花樹

梔子花亦屬茉莉花科，在臺灣的花期從 3 月到 5 月。它的花瓣 3 瓣以上，最長可達 15 公分，呈美麗的象牙白色。其果實為橘紅色，可製染料，也可食用。花曬乾後，也可入茶。梔子花代表的意義是害羞與暗戀。

(15) 臺灣欒樹

　　優雅的欒樹又名金雨樹，是臺灣的原生種，可種在花園，也是很理想的行道樹。春天時，葉子呈紅色，然後漸呈灰綠色，到了秋天，則變成金黃色，然而中心是紅色，還會散發香氣。每年 9、10 月層次最豐富：紅、粉紅、金黃……

4. 花海

　　臺灣氣候溫和，四季如春，各個季節都有許多花卉綻放。在臺灣多處都可以見到花朵齊放的美景，也就是花海。例如在臺中的新社花海節，便是秋天時不容錯過的景點之一。

5. 公園

　　住在城市的居民，無法天天接觸大自然者平日或週末可到各處公園逛逛。

(1) 臺北植物園

　　除了知名的歷史博物館外，植物園內尚有座大自然歷史博物館，其中收集了許多植物標本與資訊，數位日本專家及一位法國專家還有若干本國學者為我們留下了寶貴的史料。6 月時別忘了前往欣賞寬闊的荷花池，偶爾可以驚見珍稀的五色鳥，都是愛好攝影者喜歡捕捉的鏡頭。

(2) 新生公園

　　新生公園曾經是日據時代的墳場，後來大陸淪陷之際，大批人口遷臺，此地成了許多士兵的棲身之地。如今則變成花朵繽紛的公園，尤其春天是最佳賞花季：鬱金香、風信子、百合、小蒼蘭、紫羅蘭、飛燕草、聖星百合、大理花爭奇鬥艷，令人眼花撩亂。何妨坐在草地上野餐？

(3) 客家公園

　　客家文化別具特色，來趟客家公園漫步之旅吧。柿子、芥菜、稻米、洛

神花等，都是客家人喜歡種植的植物。近年風行亞洲的蝴蝶豆，具觀賞功能，沖泡後呈藍色，哇！臺灣現在不僅只有綠茶、紅茶，還有藍茶耶！

(4) 大安森林公園

喜愛觀賞水鳥者，當然可前往關渡自然公園，但若覺得路程遠，也可選擇位於臺北市區內的大安森林公園，蒼鷺、白鷺鷥、水鴨聚集湖邊，吸引了大批遊客。此外，松鼠穿梭林間，一點也不怕生。淡淡的 3 月天時杜鵑花綻放，「像村家的小姑娘」……再者，此地早上附近居民喜歡來練功、練舞，晚上則成了夜遊的好去處。

(5) 臺中植物園

這兒的砲彈樹原生種來自南美洲，其香味會吸引蝙蝠。火鶴花及白鶴芋也是它的特色。

(6) 清境農場

它位於臺灣中部。群山圍繞的農場裡養了許多羊，觀光客因而趨之若鶩，喜歡來此小住幾天。春季時櫻花齊放，遊人如織。

(7) 福壽山

這裡的櫻花林很吸睛，當然也不乏桃樹、李樹。此處尚有一望無際的蘋果樹和梨樹，對地處亞熱帶的臺灣來說很特別。

(8) 綠世界

綠世界是個綠意盎然的生態公園，位於新竹，為休閒散步的好去處。這兒有個可愛的動物世界，可見南美大鸚鵡、鵜鶘等鳥類，此外也飼養了鹿群。至於植物方面，包括臺灣原生蕨類、蘭花、仙人掌、豬籠草等，此地種的棕櫚樹，果子兩側圓滾滾的，俗名竟叫做「椰子屁股」。

(9) 四季花開

　　臺灣的花種實在太多了！1到2月產鬱金香、水仙，3月的竹子湖則一片乳白色的海芋，遊客可付錢採摘回家；還有開在山坡上、小溪旁的杜鵑。5到6月則以藍繡球花最突出。4月的宜蘭，孤挺花滿山滿谷，一點也不孤獨，而杉林溪的4月，為牡丹花怒放期。另外，臺灣也是蘭花王國，並大量外銷到歐洲、中南美洲。

6. 花市

　　喜歡花的人千萬也別錯過假日花市。臺灣人滿愛在自家院子或陽台「拈花惹草」的，週末有空逛逛花市亦是不錯的休閒選擇，尤其在節慶前，如耶誕節（有很多聖誕紅）、農曆新年（蘭花、水仙、發財樹等）。此外，臺灣也流行起來栽種許多香氛草本植物，如迷迭香、薄荷、萬壽菊……，具觀賞及食用功能。當然，拿手的小盆栽（Ponzai）更不容小覷，但價格卻意外親民。

7. 花展

(1) 茶花展

　　每年年初在陽明山的花卉實驗中心都會推出茶花展，它們互不相讓，大膽地獻美，紅茶花更是紅的發紫！臺灣不僅有紅、白茶花，甚至還有黃茶花。來個小建議：陽明山的平菁街42巷是條小祕徑喔。

(2) 蘭花展

　　農曆新年時節（約1到2月），士林官邸應景展出蘭花，其中最迷人的非東南亞最常見的蝴蝶蘭莫屬，它的名字由來是因為此種蘭花狀似夜蛾。粉白色的蘭花則更顯高貴不俗。

(3) 鬱金香花展

　　后里的中社花市、杉林溪公園和士林官邸，每年也不約而同地於春節前後展出鬱金香，且各種花色齊全，因此不必特地跑一趟荷蘭了。而且后里還有馬場，既可賞花，還能騎馬。

(4) 菊花展

　　它可是花界盛事，不容錯過，士林官邸再度奪冠，於每年 12 月推出1500 種菊花，包括精緻可人的日本菊。

(5) 不定期花展

　　近年來最大型的不定期花展當屬 2010-2011 年於臺北圓山及新生公園舉辦的國際花展，吸引了各國愛好花朵的觀光客。還有 2018-2019 年在臺中后里長達 6 個月的花展，除了花草展，尚包括花藝展，並特別講究環保。

Le Royaume des couleurs et des parfums

• •

La culture d'un pays peut être découverte également à travers ce patrimoine vivant que sont les plantes. Le moins que l'on puisse dire, c'est que celles-ci sont au coeur du quotidien des Taïwanais, très sensibles à leur beauté, leur symbolique et le rôle qu'elles jouent dans la vie sociale. Dans cette partie, nous présentons donc Taïwan côté nature, sous toutes ses formes : flore sauvage ; parcs et jardins ; grandes floraisons d'arbres ; marchés aux fleurs et expositions florales.

1. Quelques mots sur le climat （氣候）

Avant de parler de plantes et de leur présence quotidienne dans la vie des Taïwanais, il convient de dire quelques mots sur le climat – question cruciale pour ceux qui vivent au rythme de la nature. Bien qu'à Taïwan on parle de « quatre saisons », force est de constater que la différence entre les saisons dans cette partie du monde est beaucoup plus floue qu'en Europe : la nature y est toujours verte, fleurie, pleine de couleurs et de parfums. On dirait l'éternel été sur lequel se greffent pour ainsi dire les trois autres saisons, à un degré plus ou moins accentué. Ces deux saisons ne correspondent pas non plus aux mois « classiques » qu'on leur attribue : le « printemps » taïwanais dure de janvier à avril ; l' « automne » (sous une forme, encore une fois, très peu accentuée) – de novembre à février. Et l'hiver, alors ? N'espérez pas voir de la neige à Taipei ! Pour cela, il faut aller par exemple du côté de Wuling (à cinq heures de route depuis Taipei). Avec un peu de chance, il y neigera en janvier-février. Mais le brouillard d'hiver une fois dissipé, vous verrez des cerisiers en fleurs sur fond de paysages grandioses ! Et oui, le climat taïwanais vous réserve des surprises à vous couper le souffle…

2. La Flore sauvage （花朵）

Présenter la flore sauvage de Taïwan en quelques mots est évidemment un défi perdu d'avance, tant cette flore est riche et variée… Voici donc *une goutte dans un océan*（滄海一粟）: quelques plantes emblématiques de l'île pour vous donner l'envie de poursuivre vos herborisations sur place !

(1) Les orchidées （蘭花）

On trouve à Taïwan de très nombreuses espèces d'orchidées épiphytes, poussant dans des endroits difficiles d'accès et réservés de préférence à des explorateurs chevronnés. Mais, les amateurs de plantes de cette famille peuvent également admirer des orchidées terrestres, accessibles à tout le monde. Nous présentons ici deux

Les orchidées de Formose

orchidacées terrestres, emblématiques de la flore taïwanaise : la pléione de Formose et le spiranthe de Chine. La pléione de Taïwan se rencontre à l'état sauvage dans le sud de l'île, dans la région de Jiayi. Ses superbes fleurs mauves ressemblent un peu à celles des cattleyas. C'est une orchidée relativement rustique, qui peut être cultivée en Europe dans un climat tel que celui de la Côte d'Azur. Le spiranthe de Chine, quant à lui, est une petite orchidée commune dans les pelouses municipales de Taipei, où il arbore sa délicate inflorescence spiralée dans les camaïeux de roses, en mars-avril.

(2) Les plantes de la famille du gingembre（薑花科）

Les plantes de la famille du gingembre affectionnent les régions tropicales humides. Rien d'étonnant donc qu'elles prospèrent merveilleusement à Taïwan. Deux d'entre elles sont particulièrement répandues, à l'état sauvage : le gingembre d'ornement（月桃）et le longose blanc（野薑花）. La première – appelée aussi, de façon très poétique, « fleur de mon âme », « larmes de la vierge » ou « fleur du paradis »（天堂花）– ravit par ses grappes de fleurs d'un blanc nacré, qui brillent au soleil, de mars à juin. Les fleurs sont suivies de fruits rouges, très décoratifs, en automne. La deuxième – portant également les noms de « gingembre papillon » et « gingembre sauvage » – se distingue par ses fleurs d'un blanc immaculé se manifestant de loin par leur parfum puissant d'une exquise fraîcheur. Ces deux Zingibéracées sont si familières qu'on n'imagine pas le paysage de Taïwan sans elles.

(3) Les lotus（蓮花）

En Asie, le lotus est la fleur de tous les superlatifs : la plus belle, la plus pure, la plus chargée de symboles. Et force est de reconnaître que ces qualificatifs ne sont pas usurpés. Belle, elle l'est incontestablement, il suffit de la regarder pour s'en convaincre. *Bien qu'elle pousse dans les eaux boueuses, elle reste toujours*

Les lotus, la fleur de tous les superlatifs

immaculée. （出淤泥而不染） La présence simultanée de ses boutons, de ses fleurs et de ses fruits symbolise l'éternité; ses graines pouvant germer au bout de mille ans – la renaissance. Pour toutes ces raisons, le lotus est considéré comme la fleur sacrée dans les cultures et les religions de cette partie du monde. Selon la légende, Bouddha serait né d'une fleur de lotus... Pourtant, malgré cette forte symbolique spirituelle, le lotus est aussi une plante utilitaire. Pratiquement toutes ses parties se consomment en Asie : rhizomes, jeunes feuilles, tiges, graines… À Taïwan, il existe de nombreux endroits où on peut contempler cette superbe plante aquatiqueau parfum enivrant : dans le sud, le village Bai He （白河）, à Tainan, est une destination bien connue des amoureux des lotus ; à Taipei, le fameux étang aux lotus dans le jardin botanique attire beaucoup de photographes venant admirer ces merveilles florales avec leurs appareils bien sophistiqués.

Les lys   Les hémérocalles

(4) Les lys（百合）

Le patrimoine naturel de Taïwan peut s'enorgueillir de compter parmi ses trésors floristiques des lys d'une exceptionnelle beauté, notamment le lys de Formose et le lys à longues fleurs, dit aussi le lys de Pâques. Ces deux lys se ressemblent beaucoup : leurs fleurs sont de couleur blanche, grandes, belles, graciles, très parfumées, mais le lys de Formose est teinté de violet rougeâtre, tandis que le lys de Pâques est entièrement blanc. Ces deux lys majestueux rappellent le lys le plus célèbre d'Occident : le lys de la Madone qui constitue, depuis le Moyen âge, l'emblème par excellence de la Vierge Marie. On peut rencontrer ces deux espèces de lys taïwanais à l'état sauvage un peu partout sur l'île. Ils poussent par exemple dans le campus de l'université Chengchi, où ils bénéficient de mesures de protection particulières. Mais l'un des meilleurs endroits pour en voir est côte nord de Taïwan（北海岸）.

(5) Les hémérocalles（金針花）

Les hémérocalles fauves, d'origine asiatique, sont bien connues à Taïwan surtout comme plantes cultivées pour leurs boutons floraux qui se consomment en tant que légumes. Si les endroits où on peut admirer ces fleurs en grandes quantités sont nombreux à Taïwan, aucun d'eux n'égale le caractère spectaculaire des cultures dans la région entre Hualien（花蓮）et Taidung（臺東）, à l'est du pays. Celles-ci s'y étendent littéralement, sans aucune exagération, à perte de vue. Sur des dizaines d'hectares, les visiteurs cheminent sur des sentiers étroits et abrupts qui serpentent parmi les champs de cette liliacée aux fleurs en trompette d'un brun orangé – ou fauve, comme l'indique son nom, - sous un ciel bleu azur. La date de votre prochain voyage à Hualien est donc toute trouvée : la dernière semaine d'août, période pendant laquelle les champs d'hémérocalles y sont au sommet de leur beauté !

3. Les Arbres et arbustes à fleurs（花果樹）

Si Taïwan est un véritable paradis pour les fleurs, il l'est également, voire plus encore, pour les arbres et arbustes à fleurs. Ces derniers fleurissent ici toute l'année. Certaines floraisons s'étalent sur plusieurs mois, d'autres sont plus éphémères. Nombreuses sont les espèces qui se couvrent de fleurs deux fois par an, après une période de repos. Ci-dessous, une brève présentation de quelques-uns des arbres (endémiques de Taïwan ou venus d'ailleurs), dont les floraisons constituent de véritables « événements » dans la vie des Taïwanais, fidèles aux rendez-vous avec ces merveilles végétales. Outre leur aspect purement esthétique, ces floraisons sont en effet, tout au long de l'année, l'occasion de sorties entre amis ou en famille. Petits ou grands, on s'amuse à ramasser les fleurs tombées au sol pour en faire toutes sortes de compositions… Evidemment, cœurs et autres déclarations d'amour occupent la première place dans ces œuvres florales éphémères !

(1) Les Camélias（茶花樹）

S'il y a une plante qui appelle tout naturellement, comme une évidence, le qualificatif de « noble », c'est bien le camélia. Est-ce dû à son élégant feuillage vert sombre qui brille tout au long de

Les camélias

l'année ? À ses fleurs, merveilleuses par la forme et la richesse de leurs coloris ? Ou à la pureté et à la longévité (jusqu'à plusieurs centaines d'années) que cet arbre, de la famille des Théacées, symbolise ? Nul doute que c'est pour toutes ces raisons que le camélia suscite une vénération quasi religieuse en Asie, partie du monde dont il est originaire. Parmi les centaines de variétés de ces arbustes, ce sont notamment les camélias aux fleurs jaunes qui fascinent tout amateur de plantes... Considéré presque comme un mythe en Europe, le camélia aux fleurs d'or est pourtant bien réel en Asie, sa terre d'origine. Vous pouvez en admirer plusieurs variétés au Centre horticole expérimental de Yangmingshan（陽明山花卉實驗中心）. Et si vous faites partie des âmes « romantiques » vous ne serez pas insensible au bonheur des jeunes mariés qui viennent se photographier dans ce cadre prestigieux. Maintenant, on comprend pourquoi le roman d'Alexandre Dumas fils « La Dame aux Camélias », le premier roman français traduit en chinois, a remporté un tel succès en Chine au XIXe siècle.

(2) Les Abricotiers du Japon（梅樹）

Les arbres fleurissent sans cesse à Taïwan, de janvier à décembre pour le plus grand bonheur des amoureux de la nature. Mais certaines floraisons sont particu-lièrement attendues et célébrées, au point que l'on peut les associer à un véritable inconscient collectif. Tel est, incontestablement, le cas de Prunus mume. Dès le mois de janvier, les branches, encore nues, de cet arbre de la famille des Rosacées, se couvrent de ravissantes fleurettes blanches (plus rarement roses), qui se com-posent à merveille avec le ciel céruléen de l' « hiver » taïwanais. L'arbre, originaire de Chine, est aujourd'hui très largement répandu aussi à Taïwan et au Japon, où il est étroitement associé à l'art et à la littérature. Ce sont, par exemple, les branches fleuries de Prunus mume que l'on peut admirer sur les estampes japonaises ; il est donc, quelque part, l'archétype même du « cerisier » japonais (bien que botaniquement parlant, ce soit un abricotier). L'arbre pouvant vivre jusqu'à mille ans, il symbolise la longévité. Ses belles fleurs, quant à elles, qui éclosent en plein hiver avant même les feuilles, connotent d'une part le courage face aux adversités de la nature (les intempéries de l'hiver), d'autre part l'évanescence des choses de ce monde car leur beauté est très éphémère.

(3) Les Cerisiers（櫻花樹）

Le début de l'année à Taïwan est marqué également par la floraison de différentes espèces de cerisiers. Le cerisier de Formose（山櫻花）, originaire de l'île, comme son nom l'indique, est l'un des plus beaux. Sa floraison commence d'habitude dès la mi-janvier et s'étale jusqu'au début de mars. Dès les premiers beaux jours de l'année, le paysage de Taïwan se colore de rose partout. Chaque région, tous les recoins de l'île offrent des spectacles époustouflants de la floraison de ces

Le cerisier de Formose

merveilles botaniques aux petites clochettes roses. À ne pas manquer sous aucun prétexte, la floraison grandiose des cerisiers dans les endroits tels que : la Ferme de Wuling（武陵農場）, le Village culturel des aborigènes de Taïwan （九族文化村）, le temple Tien Yuan（淡水天元宮）, ou encore, les montagnes de Yangming（陽明山）, à Taipei. Vous savez maintenant : il n'y a pas que le Japon qui ait le monopole des cerisiers !

(4) Les pêchers （桃樹）

Prunus persica est l'un des nombreux « Prunus » que l'on peut rencontrer à Taïwan. Mais aussi en Europe. Il s'agit, en fait, d'un pêcher, un autre arbre fruitier à forte symbolique dans la culture chinoise, après *Prunus mume*. En effet, en Chine, on croit que *Prunus persica* peut chasser les mauvais esprits. Quant à son fruit, la pêche, il symbolise l'aventure amoureuse ou la longévité (l'une n'empêche pas l'autre). À Taipei, si la météo est assez clémente, la floraison des pêchers commence dès la fin de janvier et se poursuit pendant deux-trois mois. Les vergers de pêchers dans les hauteurs de Muzha procurent un véritable émerveillement au moment de leur floraison délicatement parfumée. Celle-ci est un peu plus tardive dans les endroits plus montagneux, par exemple à la Ferme de Wuling ou celle de Fushoushan（福壽山）, qui possèdent, toutes les deux, des vergers importants.

(5) Les Papayers （木瓜樹）

Difficile d'imaginer le paysage de Taïwan sans cette touffe de feuilles portée par un tronc gris clair en toute saison. Arrivé en Asie d'Amérique Centrale à la fin du XVIIIᵉ siècle, le papayer (Caricapapaya) est aujourd'hui cultivé à grande échelle dans cette partie du monde, et se naturalise très facilement. C'est un arbre surprenant, car on le rencontre dans les endroits les plus insolites : collé à un mur ; veillant, solitairement, sur un lopin de terre cultivée ; ou surgi en plein milieu de terrains vagues. Symbole, pour beaucoup, des délices dispensés généreusement et en permanence par la Nature sous les Tropiques, le papayer est avant tout un arbre fruitier, mais il séduit également par ses fleurs blanc crème dont l'exquis parfum, – mélange de jasmin, de freesia et de citron – n'a pas d'égal en termes de

Les papayers en floraison

fraîcheur. N'oubliez donc pas de découvrir le parfum du papayer avant de manger son délicieux fruit en salade ou de le boire en jus avec du lait !

(6) Les Aleurites（油桐樹）

La floraison des aleurites, du début d'avril à la fin de mai, est un véritable événement sur l'île de Formose. L'arbre, endémique de Taïwan, et lié étroitement à l'identité de la tribu Hakka, est très présent dans la flore sauvage de l'île. Pour mesurer toute la beauté de cette floraison, appelée « la neige du mois de mai »（五

La neige du mois de mai

月雪）, c'est encore mieux de vous rendre dans l'une de ces réserves naturelles cachées dans un cadre magnifique, dont Taïwan a le secret. En voici quelques-uns de ces lieux enchanteurs loin de la civilisation, où vous trouverez pourtant tout le confort nécessaire et une cuisine parmi les plus délicieuses : West Lake Resortopia（西湖渡假村）, le parc forestier de Dongshi（東勢林場）ou celui de Tongluo（銅鑼桐花樂活公園）. L'espace d'un jour ou d'un week-end, vous pourrez vous y offrir des promenades reposantes, dans un silence absolu, parmi les aleurites en fleurs à portée de main. N'oubliez pas d'immortaliser ces délicates corolles tombant du ciel pour se poser délicatement sur les chemins forestiers recouverts de mousse ou flottant dans les ruisseaux !

(7) Les Kapokiers rouges（木棉花樹）

S'il y a toujours quelque chose de fascinant dans le fait que, d'un bois, que l'on perçoit comme dur et sec, puissent sortir des fleurs qui sont symboles de vie et de beauté, cela est doublement vrai de cet arbre-là, tant ses corolles charnues apparaissant sur les branches encore nues forcent l'admiration par leur vigueur et leur abondance. Les kapokiers rouges (il existe aussi une variété aux fleurs blanc verdâtre) ont beau être des arbres d'ornement extrêmement répandus à Taïwan, leur floraison au sortir de l'hiver est toujours un miracle. Vous trouverez des ave-

Le Kapokier rouge

nues entières bordées de ces arbres, en plein centre-ville, où vous soyez à Taïwan ! À Taipei, il vous suffit de vous rendre à vélo dans la célèbre avenue Roosevelt（羅斯福路）: après votre pause-déjeuner, la corbeille de votre vélo sera remplie de fleurs de kapokiers… À Taizhong, c'est dans le campus de l'université Tonghai（東海大學）que vous aurez le plus de confort pour apprécier les fleurs de ces arbres tellement ancrés dans la mentalité taïwanaise qu'il y a même une chanson qui leur est consacrée : « Avenue des Kapokiers »（木棉道）, chantée par Mon-Ling Wang（王夢麟）。

(8) Les Châtaigniers de Guyane （發財樹）

Le châtaignier de Guyane, originaire d'Amérique tropicale, est un arbre de la famille des Bombacacées (celle des kapokiers ou des arbres-bouteille). Assez commun à Taïwan comme arbre d'ornement, il fleurit pratiquement toute l'année. Ses « fleurs » ont la forme de ravissants petits balais blanc crème et sont très agréablement parfumées. En raison de la forme de son fruit, dont on peut consommer les graines, l'arbre est appelé Châtaignier de Guyane ou Noix de Malabar. En Asie du Sud-Est, cet arbre symbolise la prospérité : on l'appelle « facaishu » （發財樹）, « arbre de la fortune ». Il pousse non seulement en extérieur mais est également cultivé comme plante d'intérieur. On le trouve, par exemple, dans des banques ou des agences immobilières, sous des formes miniatures (le ponzai) aux troncs tressés. Il ne nous reste qu'à souhaiter que sa symbolique – celle de la prospérité – opère dans la vraie vie !

(9) L'Arbre bouteille （美人樹）

En dépit de son nom quelque peu banal, l'arbre-bouteille, c'est la beauté faite arbre… Originaire du Brésil et d'Argentine, c'est l'un des végétaux d'ornement les plus remarquables à Taïwan. Il appartient à la famille des Bombacacées, et de ce fait présente certaines ressemblances (feuilles, fruits, tronc) avec d'autres arbres de cette famille, par exemple le baobab （猢猻木）, le fromager, le kapokier ou encore le châtaignier

Les merveilles de la nature 1821

L'arbre bouteille, même famille du baobab

de Guyane. Deux fois par an, l'arbre bouteille offre un spectacle époustouflant : quand elle se couvre de ses fleurs roses à l'automne (septembre-décembre) et lors de sa fructification, quand ses fruits en forme de boules de coton pendent de l'arbre jusqu'à ce que le vent les disperse (au printemps). L'arbre jouit d'un véritable engouement auprès des Taïwanais, si bien qu'une fête lui est consacrée en octobre à Danshui（淡水）, ainsi qu'à Houwei（虎尾）, dans le sud de l'île.

(10) Les Flamboyants（鳳凰木）

Si parmi les innombrables espèces d'arbres qui poussent dans les régions tropicales on ne devait en choisir qu'une seule, la plus emblématique, ce serait probablement le flamboyant. Ce représentant de la famille des Fabacées se distingue en effet par une floraison « royale » et mérite incontestablement son nom vernacu-

Les flamboyants en été

laire de « flamboyant ». Dès le mois de mai, jusqu'en septembre, ses branches se couvrent d'une profusion de grandes fleurs rouge orangé qui « flamboient » telles les flammes. Mais des flammes qui, au lieu de brûler, apportent une ombre et une fraîcheur particulièrement bienvenues sous les Tropiques. Les vieux sujets prennent en effet la forme d'un parasol et leur couronne aplatie constitue un abri sous lequel il est bon de se réfugier par les températures caniculaires, pour « palabrer ». À Taïwan, c'est, par excellence, l'arbre associé à la fin des études. En effet, comme il est au sommet de sa beauté vers la mi-juin – période de la remise des diplômes – sa floraison constitue un cadre idéal pour les photos-souvenirs des étudiants diplômés.

(11) Les Osmanthes parfumés（桂花樹）

Avec l'osmanthe parfumé, originaire des forêts d'Asie, nous sommes en présence de l'une des plantes les plus familières et les plus appréciées à Taïwan. Ses petites fleurs blanc crème, qui éclosent en automne et en hiver, ont beau se cacher sous un feuillage vert sombre lustré, leur

Les merveilleux Osmanthus parfument

parfum inégalé – avec des notes d'agrumes et de miel – les trahit à 10 mètres à la ronde ! On perçoit souvent ces délicieux effluves près des lieux de passages qui permettent au parfum de mieux s'exhaler. À Taïwan, les fleurs d'Osmanthe sont utilisées pour parfumer les thés, les liqueurs et différentes sortes de desserts. Elles constituent également un ingrédient de choix pour la parfumerie de luxe. Il existe une variété rare d'osmanthe à fleurs couleur abricot. Une pure merveille !

(12) Les Arbres et arbustes de la famille des agrumes （柑橘類果樹）

Citronniers, mandariniers, orangers, pamplemoussiers… Ces arbres, d'origine asiatique, sont connus de tous pour leurs délicieux fruits – les agrumes – que l'on consomme dans le monde entier. Mais les fleurs qui précèdent ces fruits sont tout aussi dignes d'intérêt. Réunies en petites grappes, de couleur blanche, les fleurs des

Les merveilles de la nature. 1821-5

Les agrumes

agrumes sont divinement parfumées ! De janvier à avril leur parfum frais et puissant flotte dans l'air un peu partout. Les fruits apparaissent aussitôt, encore pendant la floraison. Citons ici deux autres représentants de cette famille : oranger-jasmin et cédratier main de Bouddha（佛手柑）. L'Oranger-jasmin est un petit arbuste extrêmement populaire à Taïwan, au parfum tellement prononcé qu'en chinois on l'appelle littéralement « la plante qui sent à sept kilomètres »（七里香）. Quant au cédratier « main de Bouddha », son fruit digité est une vraie curiosité botanique. C'est l'une des plantes emblématiques du Nouvel An chinois.

(13) Le Magnolia Yulan （玉蘭花樹）

Magnolia Yulan est une espèce d'arbuste ou de petit arbre de la famille des Magnoliacées. Il est originaire du centre et de l'est de la Chine, où il est cultivé depuis la Dynastie Tang.

Les tépales affichent parfois une teinte de rose à leur base, ajoutant à la beauté de la floraison. Riches d'un parfum de citron, les fleurs apparaissent sur les branches nues de la fin de l'hiver au début du printemps, avant que les feuilles ovales, d'un joli vert clair, ne se déploient. D'un port élégant, très agréablement parfumé, Le Magnolia Yulan est un atout incontestable pour tous les jardins. Les fleurs de cet arbre sont bien connues des Taïwanais. A Taïwan, on peut s'en procurer un petit « bouquet », sur son chemin de travail, sans sortir de sa voiture : elles sont en effet proposées aux conducteurs par des vendeurs ambulants aux feux rouges - ce qui n'est pas sans danger.

(14) Le Gardénia 〔梔子花樹〕

Le Gardénia, appelé également Jasmin du Cap, est un arbuste d'origine tropicale. À Taïwan il fleurit au printemps, de mars à mai. Il se caractérise par une forme buissonnante et un feuillage résistant et luisant de couleur vert foncé. Au niveau de la disposition, les feuilles sont souvent opposées ou en verticilles de 3 ou plus. De formes ovales, elles peuvent atteindre une longueur de 15 cm.

Les fleurs du gardénia, d'un blanc pur virant avec le temps au blanc ivoire, très parfumées, sont d'une grande distinction. Elles sont le plus souvent solitaires,

Le Gardénia pur et doux

situées au sommet des tiges ; la corolle dont la base est tubuleuse peut comprendre 5 à 12 lobes. Les formes à fleurs doubles sont particulièrement belles. Les fruits rouge-orange du gardénia sont comestibles : on en extrait un pigment qui sert de colorant alimentaire. Les fleurs séchées du gardénia entrent dans la préparation de thés auxquels elles donnent leur parfum peu ordinaire. En langage des fleurs, le gardénia représente l'amour inavoué, la timidité.

(15) Les savonniers élégants （臺灣欒樹）

Le savonnier élégant, appelé aussi l'arbre de pluie doré (Koelreuteria elegans), originaire de Taïwan, est largement cultivé comme arbre d'ornement de jardin et comme arbre de rue.

Ses feuilles sont pennées et constituées de 7 à 15 folioles ovales, oblongues et dentelées. Le feuillage participe à l'élégance de l'arbre aussi bien au printemps avec ses feuilles rouges, devenant vert-gris à la belle saison pour finir en automne par arborer une couleur plus jaune. Les fleurs, de couleur jaune avec un cœur rouge, et très parfumées, apparaissent à Taïwan en septembre - octobre en panicules pyra-midales légères. Des capsules rouges ou roses, en forme de lanterne, remplacent les fleurs peu de temps après la florai-son, voire apparaissent encore pendant la floraison. L'arbre dévoile alors toute sa splendeur, avec ce rouge ou ce rose qui fait contraste avec le jaune du feuil-lage.

Les savonniers élégants

4. La Marée de fleurs （花海）

Taïwan est une petite île très peuplée et la terre cultivable y est précieuse. La moindre de ses parcelles est exploitée pour des cultures vivrières, et il n'est pas rare de voir même les talus utilisés dans ce but. Mais il n'y a pas que l'utile qui compte ; dans ce pays, on accorde aussi à l'agréable un droit de cité avec un rare panache. Grâce à un climat favorable, les fleurs y poussent toute l'année et embellissent la vie des gens de différentes manières. L'une d'elles - et pas des moins spectaculaires – est en effet le concept de « hua hai », c'est-à-dire de « la marée de fleurs », fort prisé par les Taïwanais.

« Hua hai » consiste à planter un champ de fleurs à perte de vue, composé le plus souvent d'une seule variété d'annuelles, ou, plus rarement, de plusieurs variétés. La période de l'année la plus propice à cet événement floral s'étend de la fin d'automne jusqu'au début de printemps. Un peu partout dans l'île on peut alors admirer de grands espaces plantés généreusement de fleurs multicolores. Celles qui s'y prêtent particulièrement bien sont les cosmos（波斯菊）, les sauges（一串紅）, les œillets de poète（石竹）, les roses d'Inde（萬壽菊）, les pétunias（矮牽牛）, les impatiences（鳳仙花）, les bégonias（秋海棠）, ou encore les zinnias（百日草）.

Le concept de « hua hai » est répandu dans toute l'île, mais c'est à Daken（大坑）, près de Taizhong, que ces océans de fleurs sont les plus impressionnants. Une destination à ne pas rater en automne !

5. Les Parcs et les jardins（公園和花園）

Ci-dessous, nous présentons quelques parcs et jardins qui sont autant de havres de paix et de découvertes naturalistes au cœur des villes.

(1) Le Jardin botanique de Taipei（臺北植物園）

Les jardins botaniques sont des conservatoires de connaissances sur le patrimoine naturel de l'humanité par excellence. Musées d'histoire naturelle, expositions temporaires, collections de plantes, curiosités botaniques : autant de façons

Les merveilles de la nature 1821

Un angle du Jardin botanique de Taipei

de découvrir la place des plantes dans la vie des hommes. Le Jardin botanique de Taipei est fidèle à cette vocation. Vous pouvez vous y documenter en vous promenant dans cet endroit plein de charme, situé dans un quartier paisible de Taipei. Au mois de juin, ne ratez pas la floraison spectaculaire des lotus ! Un peu plus loin, une collection importante de plantes de la famille du gingembre vous attend ; la plus belle d'entre elles, c'est elle : la rose de porcelaine（玫瑰薑）! Le nom français de cette merveille d'origine indonésienne fait référence à la texture épaisse et brillante de ses bractées rouges. Si vous savez regarder dans les recoins, vous y découvrirez aussi des curiosités botaniques d'origine taïwanaise, que vous ne trouverez pas ailleurs, telle la « plante chauve-souris »（發財貓）, aux pétales d'un marron intense, ou encore la stémone（百部）, plante médicinale, utilisée depuis des siècles dans la pharmacopée chinoise. En vous promenant, vous verrez peut-être un groupe de photographes traquant une star cachée dans le feuillage d'un arbre ; cette star, c'est le magnifique oiseau de 5 couleurs（五色鳥）!

(2) Le Parc Xin-sheng （新生公園）

Le Parc Xin-sheng, déjà très attractif avant, grâce à ses nombreuses collections végétales (roseraie, collections de bégonias, de cactus ou encore de plantes aquatiques...), l'est encore plus depuis l'aménagement de nouvelles plates-bandes, ces deux dernières années. Ce nouveau jardinet embellit la promenade de mille couleurs et d'autant de parfums, d'octobre à mai (en été il fait trop chaud !). La plus belle période pour le visiter est le printemps : tulipes（鬱金香）, jacinthes（風信子）, lis（百合）, freesias（小蒼蘭）, giroflées（紫羅蘭）, dauphinelles（飛燕草）, ornithogales d'Arabie（聖星百合）, dahlia（大理花）, et autres plantes « cosmopolites » dont ces plates-bandes regorgent font du parc Xin-sheng le plus beau jardin floral de la capitale. L'endroit étant « un haut lieu » des roses à Taipei, on s'attardera avec un immense plaisir à flâner parmi les reines des fleurs dans les deux roseraies du parc comptant plus de 2000 rosiers, classés en : Roses arbustives, Roses françaises, Roses anglaises, Roses anciennes, Rosiers floribundas et Rosiers thé, sans oublier les espèces natives de Taïwan. Parmi les cultivars les plus splendides : « Yume », « Shin Hoshi », « Taïwan Miracle », « Paradise », ou encore « Honey Dijon »… Des tables de pierre installées dans une partie ombragée par des ficus géants invitent au pique-nique en famille ou entre amis.

(3) Le Parc Hakka （客家公園）

Le Centre Culturel Hakka est une destination intéressante pour se plonger dans la culture de l'une des plus importantes tribus de Taïwan - les Hakkas - à laquelle un très beau musée est consacré. La tribu Hakka est également associée à la culture de certaines plantes, comme le kaki, la moutarde chinoise ou encore le riz. Dans le potager fleuri du parc, exploité par les riverains, on trouve notamment trois plantes célèbres utilisées pour préparer des boissons. La première - la plus connue d'entre elles - c'est Camellia sinensis, nom scientifique du théier, natif d'Extrême-Orient. Il se présente sous forme de petits arbustes aux feuilles brillantes, coriaces, d'un vert foncé. Une fois séchées, les feuilles servent à la préparation du thé. Les différentes sortes de thés sont obtenues à partir de cette espèce. Les fleurs du théier, qui apparaissent en novembre, sont blanches avec un bouquet d'étamines jaunes au centre. Tous ceux qui n'aiment pas le thé vert, peuvent se délecter du thé rouge（洛神花）que l'on prépare avec des calices séchés de la Roselle, très présente dans le potager du parc. Cette Malvacée, originaire de Guinée, pousse dans beaucoup de pays tropicaux. Son calice, d'un rouge lumineux, d'une acidité agréable, est utilisé pour concocter boissons et mets sucrés. Après le thé vert et le thé rouge, place au thé … bleu ! Il s'obtient à partir des fleurs bleu gentiane d'une charmante Fabacée grimpante appelée « pois papillon »（蝴蝶豆）, couramment utilisée dans l'alimentation en Asie du Sud-Est. Outre sa valeur esthétique - ses fleurs doubles ressemblent à des roses bleues – le pois papillon possède d'innombrables propriétés médicinales.

(4) Le Parc Daan （大安公園）

Vous êtes passionné d'oiseaux mais vous manquez de temps pour vous déplacer jusqu'à la Réserve ornithologique de Guandu（關渡自然公園）? Ne vous inquiétez pas ! La solution à votre problème, c'est le parc Daan, situé au cœur de Taipei. L'endroit est bien connu des ornithologues amateurs : de nombreuses espèces d'oiseaux viennent nicher dans les arbres du parc, autour du lac. Ce sont surtout les aigrettes blanches（白鷺鷥）et les hérons cendrés （蒼鷺）qui s'y donnent rendez-vous par dizaines pour le plus grand plaisir des visiteurs venus exprès pour les admirer et les photographier. D'autre part, on peut y observer aussi facilement des écureuils sautant entre les arbres ; ils sont totalement insouciants et ne craignent pas du tout les passants qui les admirent. Côté fleurs, au printemps, ne manquez pas la floraison des azalées, omniprésentes dans le parc, et en été, celle des cassiers, tout aussi nombreux. Tout au long de l'année, en vous y promenant, vous pouvez également vous délecter du parfum capiteux du gingembre sauvage. Le parc Daan est un lieu idéal pour un pique-nique entre amis, une petite séance de sport, par exemple le Kong-Fu, ou une promenade nocturne, après une journée bien remplie...

(5) Le Jardin botanique de Taizhong（臺中植物園）

Si à l'extérieur, dans les deux parties du jardin, les plantes ne diffèrent pas de celles qu'on peut voir à Taipei, dans la grande serre du jardin, une curiosité botanique, introuvable dans la capitale, attend le visiteur. Cette merveille, d'une grande rareté à Taïwan, c'est l'arbre à bombes（砲彈樹）. Cet arbre curieux, de la famille des Lecythidacées, pousse dans les forêts tropicales humides d'Amérique du Sud, où il porte des fleurs et des fruits en toute saison. Ses fleurs, d'une grande beauté, dégagent un parfum enivrant, proche de celui de la giroflée. Cette odeur douceâtre aux notes sucrées et poivrées, est particulièrement intense la nuit, et attire ainsi les chauves-souris pollinisatrices. Quant aux fruits, en forme de grosses boules pendant à l'extrémité des rameaux, ils ont valu à Couroupita son nom d'« arbre à canons ». La serre abrite également une impressionnante collection d'Aracées. Toutes sortes d'anthuriums（火鶴花）et de spathiphylles（白鶴芋）y dressent leurs "fleurs" en forme de spathes munies d'un spadice portant de nombreuses fleurs hermaphrodites serrées...

(6) Le printemps à Cingjing（清境）

Cingjing, situé au centre de Taïwan, est connu pour ses immenses pâturages entourés de montagnes, et ses troupeaux de moutons qui constituent l'une des principales attractions touristiques de la région.

Les touristes, qui ne boudent pas le plaisir d'assister à différents spectacles autour de ces sympathiques animaux, peuvent s'y loger dans de charmants hôtels, entourés, tous, sans exception, de ravissants jardins floraux, où il est bon de s'asseoir pour admirer le paysage.

Celui-ci est le plus beau au printemps quand les cerisiers et autres arbres fruitiers sont en fleur. De l'aube au crépuscule, on ne se lasse pas alors de contempler cette beauté éphémère, éclairée par une lumière changeante au fil de la journée…

(7) Le printemps à Fushoushan（福壽山）

Si on admet que le renouveau incarné par le printemps est le mieux symbolisé par la floraison d'arbres fruitiers du type « cerisier », force est de constater qu'à Taïwan le printemps dure de janvier à mai…

C'est en effet dès le début de l'année qu'éclosent partout, dans toute l'île, les fleurs de toutes sortes de prunus, nom botanique qui englobe en réalité les cerisiers, les pêchers et les pruniers.

Mais les endroits où on peut admirer deux autres arbres emblématiques du printemps européen – les pommiers et les poiriers – sont beaucoup plus rares à Taïwan, cependant, la ferme de Fushoushan, près de Wuling, en est un.

L'endroit est réputé pour ses vergers de pommiers et de poiriers à perte de vue. Tout le mois d'avril, la floraison de ces deux arbres coïncide avec les dernières fleurs des cerisiers, dont une variété rare et surprenante aux fleurs d'un vert céladon.

(8) Green World（綠世界）

Le parc écologique « Lu shijie », situé à Hsinchu, porte bien son nom : dès qu'on y entre, on est immédiatement plongé dans une végétation luxuriante qui ne cesse de nous émerveiller tout au long de la promenade. C'est un « comprimé » de nature exotique à visiter si on ne devait passer à Taïwan qu'un jour tout en désirant apprendre et voir le maximum.

Côté jardin zoologique, on passe la journée en compagnie d'oiseaux aux couleurs de paradis – aras, toucans, pélicans… – et on a un coup de cœur pour les "animaux mignons", dont un troupeau de biches.

Mais la faune étant inséparable de la flore, « Lu shijie » se présente avant tout comme un immense jardin botanique qu'une année entière ne suffirait à explorer dans les moindres recoins. Différentes sortes de plantes – fougères natives de Taïwan, orchidées, broméliacées, cactus, plantes carnivores, aquatiques, mellifères, plantes à papillons – sont toutes mises en valeur au sein de cette immense enclave verte qu'est « Lu shijie ».

Le parc abrite aussi une collection de graines, dont un spécimen de la plus grande graine du monde : *Lodoiceamaldivica*, originaire des Seychelles. Les très gros fruits de *Lodoiceamaldivica*, semblables à des noix de coco, donnent une graine à deux lobes arrondies, caractéristique qui a valu à ce palmier son nom de "coco-fesse".

(9) Ici et là, les grandes floraisons au fil de l'année… （四季花開）

Les endroits fleuris à Taïwan sont tellement nombreux qu'il est impossible de tous les énumérer. Voici encore quelques autres « grandes floraisons », appréciées par les Taïwanais. Les mois de janvier et de février se déroulent sous le signe des bulbes de printemps (tulipes, narcisses, jacinthes…). En mars, on se rend à Zhuzhihu（竹子湖）pour cueillir des arums blancs（海芋）qui y sont cultivés massivement. Zhuzhihu, on y reviendra en mai- juin, cette fois-ci pour flâner parmi les cultures géantes d'hortensias（繡球花）– ce sont les bleus qui dominent ! Mais en attendant, en avril, il faut trouver du temps pour les amaryllis（孤挺花）: on en voit un peu partout, plantées en pleine terre, mais la meilleure destination, ce sont les parcelles d'amaryllis de l'enseigne « Julia flora », nichées au cœur des montagnes à Ilan （宜蘭）. Par ailleurs, en mars, les plus motivés ne manqueront pas à pousser jusqu'à San Lin Xi （杉林溪）où ils seront récompensés par la floraison des pivoines（牡丹花）… Et en avril – dans les vergers de Fushoushan（福壽山）, pour voir les pommiers（蘋果樹）et les poiriers（梨子樹）en fleur. Enfin, tout au long de l'année, par-ci par-là, dans les parcs, dans les rues, dans les promenades plantées, soyez attentif à la culture d'orchidées « en épiphytes ». En effet, faute de pouvoir admirer les épiphytes in situ, très nombreux à Taïwan mais difficiles d'accès, on peut s'émerveiller devant ceux qui sont cultivés par la main d'homme en milieu urbain. Toute l'année, les troncs d'arbres sont utilisés à Taïwan comme support pour la culture de différentes espèces d'orchidées : Phalaenopsis（蝴蝶蘭）, Cattleyas（嘉德麗雅蘭）, Dendrobiums（石斛蘭）,Vandas（萬代蘭）…

6. Les Marchés aux fleurs （花市）

Les Marché aux fleurs sont une destination incontournable pour les amoureux des plantes. Ceux qu'on trouve à Taïwan valent le détour ! Les Taïwanais aiment s'y rendre pour flâner parmi les plantes, faire quelques acquisitions pour embellir leurs intérieurs, déguster une spécialité culinaire… Si les marchés aux fleurs jouissent d'un grand succès tout au long de l'année, c'est avant Noël et avant le Nouvel an chinois qu'ils attirent le plus de monde. À Taipei, le plus célèbre d'entre eux est le Marché aux fleurs Jianguo（建國花市）, en face du Parc Daan（大安森林公園）. On y trouve de tout : de la fleurette la plus ordinaire aux curiosités botaniques les plus rares. Plantes vertes, fleurs coupées, potées fleuries, jeunes plants de fleurs et d'herbes aromatiques à repiquer, mais aussi fleurs séchées, graines, fruits décoratifs et étales de fruits et légumes frais forment une plaisante mosaïque de couleurs qui fait qu'on ne sait pas où donner de la tête pour ne rien perdre de ce spectacle extraordinaire… L'endroit regorge de toutes sortes de plantes, mais ce sont les orchidées - spécialité locale - qui attirent le plus le regard. Leurs grappes splendides s'épanouissent dans une quantité infinie de formes et de couleurs. On peut y admirer notamment de nombreuses variétés du genre Phalaenopsis（蝴蝶蘭）, mais aussi bien d'autres espèces, plus rares, les unes plus délicates que les autres...

7. Les Expositions florales （花展）

Décidément, les fleurs sont célébrées à Taïwan sous toutes les formes possibles ! Tout comme les « océans de fleurs » (huahai), les expositions florales (huabuo)（花博）jouissent d'un incroyable succès auprès des visiteurs dans ce royaume des couleurs et des parfums…

(1) Expositions régulières （固定花展）

a. Exposition de camélias （茶花展）

Le début de l'année à Taïwan se déroule sous le signe des camélias d'hiver. Cet arbre majestueux est omniprésent dans le Centre expérimental horticole de Yangmingshan. Aux arbres plantés sous forme de bosquets et le long des allées, dans le parc, et à ceux abrités dans une serre, s'ajoute en plus, chaque année, dans la deuxième quinzaine de janvier, une exposition temporaire de camélias dans des pots géants. Les spécimens présentés dans le cadre de cette exposition sont particulièrement beaux. Rien que la variété rare, au nom séduisant « Black magic », qu'on peut y admirer, vaut le détour : une beauté aux pétales ondulés d'un bordeaux si foncé qu'il en paraît presque noir. Petite suggestion : si vous avez encore un peu de temps, après avoir contemplé les camélias, profitez-en pour aller voir les cerisiers en fleurs du côté de la rue 平菁街 42 巷. Dans cette ruelle célèbre, les visiteurs viennent chaque année, en masse, immortaliser la floraison somptueuse d'une espèce de cerisiers aux fleurs rose clair dont les bouquets compacts forment comme les alvéoles d'une ruche.

b. Exposition d'orchidées（蘭花展）

Les orchidées ont une place très importante dans la culture asiatique. Elles sont associées à toutes les célébrations tout au long de l'année, mais la période où on en voit le plus et où elles sont les plus belles, c'est évidemment le Nouvel An chinois. Dans les magnifiques jardins de la résidence de Chiang-Kai Sheck à Shilin（士林官邸）, un petit pavillon leur est consacré en permanence. Accompagnées de broméliés（鳳梨類）, d'arums（天南星科）, de fougères（蕨類）et de bégonias（秋海棠類）, ces plantes somptueuses attirent de nombreux visiteurs. Parmi les espèces présentées, ce sont les « orchidées papillons » (genre Phalaenopsis)（蝴蝶蘭）, disposés dans d'élégantes jarres de terre cuite, qui sont particulièrement splendides. Leur nom vient du grec phalaina, « papillon de nuit » (phalène), et opsis, « aspect ». Ce sont donc les « orchidées qui ressemblent à un papillon de nuit » … Originaire de l'Asie du Sud-Est, l'espèce Palaenopsis est actuellement la plus cultivée de toutes les orchidées, à travers le monde, et Taïwan en est l'un des plus gros exportateurs. Alors l'élégant Phalaenopsis blanc qui orne votre somptueux salon provient peut-être de Taïwan !

c. Exposition de tulipes（鬱金香）

Ces dernières années, la période du Nouvel An chinois à Taipei est illuminée par les tulipes. Jusqu'à présent confinées dans trois endroits : le parc 桃源仙谷, à Taoyuan ; les pépinières 中社花市 de Houli（后里）; et le parc de San Lin Xi（杉林溪）, les tulipes sont enfin arrivées dans les parcs de Taipei ! Dorénavant, chaque année, en février, une exposition leur est consacrée - toujours dans les jardins de Shilin Guandi（士林官邸）… En effet, force est de constater que le parc de Shilin constitue l'un des plus beaux cadres de Taipei pour mettre à l'honneur cette fleur tant convoitée par le passé et toujours admirée de nos jours. Conçue comme un

Expo de tulipes à Houli

clin d'œil aux Pays-Bas, dont la tulipe est l'emblème, l'exposition de Shilin réunit un grand nombre d'espèces et de couleurs de cette merveille végétale à la beauté graphique et pourtant flamboyante. Outre les tulipes simples, sont présentées également les variétés à fleurs doubles et aux pétales frangés. Il ne reste qu'à espérer que les tulipes entrent dorénavant pour de bon dans le canon des plantes décoratives du mois de février dans la capitale taïwanaise. A Houli, il existe aussi du hippodrome, les enfants peuvent prendre le poney pour s'amuser.

d. Exposition de chrysanthèmes （菊花展）

Décidément, on ne quitte plus les Jardins de Shilin Guandi ! Chaque année, au mois de décembre, s'y tient en effet une troisième exposition, très attendue par les Taïwanais : celle de chrysanthèmes. Conduits en cascades, en coussins, en sapins, imitant des animaux ou présentés sous forme de tapis multicolores, ces fleurs généreuses – parmi les plus emblématiques de la culture taïwanaise – émerveillent

Expo de chrysanthèmes

petits et grands. Mais la technique la plus spectaculaire reste sans aucun doute le Senrin-Zaki (en japonais, littéralement : « mille fleurs épanouies »). Il s'agit d'une véritable performance horticole, venue du Japon, consistant à obtenir plusieurs centaines de fleurs sur une seule tige. Ce sont les chrysanthèmes moyens en boule qui se prêtent le mieux à ce genre de création. On ne peut qu'être impressionné par ces géants en forme de demi-sphères ou de tapis parfaitement alignés. Certains d'entre eux ont jusqu'à plus de 1500 fleurs ! Les « Senrin-Zaki » constituent incontestablement la principale attraction de l'exposition de chrysanthèmes à Shilin. Ne manquez pas cet événement floral, si vous êtes dans le coin !

(2) Expositions occasionnelles（不定期花展）

Nous venons de présenter les quatre importantes expositions florales qui ont lieu chaque année à Taipei. Mais il faut savoir aussi que Taïwan accueille également des expositions florales d'ampleur internationale. Les deux dernières en date, ce sont : l'Exposition internationale de fleurs de 2010-2011 qui s'est tenue dans les parcs de Yuanshan et de Xin-sheng et celle de 2018-2019 ayant lieu à Taizhong (quartier de Houli). Conçus sur plusieurs sites, d'une durée de six mois, réunissant des exposants de l'Asie du Sud-Est, mais aussi d'Europe et des Etats-Unis, ces événements célèbrent la nature sous toutes ses formes : océans de fleurs, expositions florales (notamment d'orchidées) ; présentations de fruits, graines, herbes aromatiques, blés, champignons ; art floral (entre autres, celui d'ikebanas) ; avancées dans le domaine de l'écologie… Ces deux expositions florales ont remporté un franc succès auprès des visiteurs taïwanais et étrangers.

Chapitre 9

La Modernité
現代性

現代性

高端科技可反映一個國家的現代性，我們能藉由其建築、工業發展和大眾交通發達與否判斷之。

1. 101 大樓

它曾是 20 世紀末世界第一高樓，約 508 公尺，且建在地震帶上；它具有世界速度最快的電梯。有個法國蜘蛛人還成功攀登過，當然不是搭電梯啦。每年 5 月，7 歲至 77 歲男女老少皆有資格參加 101 大樓競走比賽，還頒發大獎。此外，臺北市政府每年會在廣場舉行跨年晚會，施放絢爛奪目的煙火，還有國外觀光客特別預訂景觀旅館，一起倒數計時！再者，101 周邊觀景餐廳更是趁機大發利市，推出跨年大餐。如果不想跟一群人湊熱鬧，挺立一旁的象山，默默等著你來爬呢，山上一樣可以俯瞰臺北，尚且多看了座 Bling Bling 的 101。

2. 臺北捷運

臺北捷運目前有 6 條主線，2 條支線。

臺北第一條捷運文湖線，為無人駕駛，是法國馬特拉公司所建，車窗玻璃則是比利時製的，目前內部椅子重新換過，為加拿大 Bombardier 公司產品。哇！它竟是法語系國家的混血捷運車廂，全程大都非地下行駛，因此嚴格說不能稱為地鐵，只能叫做捷運。

我國捷運一律禁止飲食，當然也不能抽菸、喝飲料、嚼檳榔或口香糖，許多外國觀光客似乎不曉得，趕快告訴他們會被罰款，他們便會立刻把食物收起來。還有個特殊現象：大家都會乖乖排隊，甚至尖峰時間也不例外。

再者，捷運還不定期推出各項文創商品，如悠遊卡有台啤或明星花露水造型，限時限量搶購喔！

3. 新竹科學園區

新竹科學園區可稱之為臺灣的矽谷，這裡有許多高科技工程師，房地產商嗅到商機，因此高樓大廈如雨後春筍，此地人均消費額也是全國第一，甚至高於臺北。但這些工程師賣命工作，有空生小孩嗎？這或許也是造成園區新生人口偏低的原因之一吧。

4. 寵物

臺灣人最喜愛的寵物是狗，而住在城裡的人，因多蝸居公寓，所以小型狗多於大型狗，北京狗、吉娃娃、貴賓狗等皆非常討喜；狗屋、狗衣、狗鞋、狗學校、狗美容院不一而足，染髮或剪指甲也不稀奇，還有戴太陽眼鏡的酷貓酷狗呢。最炫的要算是遛寵物的娃娃車。此外，如果主人懶得遛狗，甚至可找人代勞，真可謂「人不如狗」啊。

La Modernité

La haute technologie reflète la modernité d'un pays, on peut l'apercevoir à travers l'architecture, les moyens de transport en commun ainsi que ses industries.

1. La Tour 101 （101 大樓）

La Tour 101, mesurant 508 mètres, a été la plus haute tour du monde, jusqu'en 2010, le trajet dans l'ascensur le plus rapide du monde vous y attend. Une fois, un « spiderman » français a réussi à y grimper tout en haut de la tour, sans ascenseur, bien entendu...

Chaque année en mai, tout le monde, de 7 à 77 ans, a le droit de participer à la montée marathon de la tour. Ne ratez pas cette expérience inouïe, inscrivez-vous le plus tôt possible ! De plus, il y a un gros lot à gagner. La Tour 101 offre des vues vertigineuses depuis son dernier étage, allez-y de préférence un jour où il fait moins brumeux. Il existe un observatoire intérieur au 89ème étage, et un autre en plein air au 91ème.

Chose importante à savoir pour tous ceux qui n'ont pas envie de payer un ticket d'entrée : il suffit d'aller à la Montagne d'Eléphant （象山）qui se trouve à deux pas de la Tour - vous pourrez également y observer le magnifique panorama de Taipei – gratuitement, avec l'air frais comme bonus.

Chaque nuit, la Tour est illuminée d'une couleur différente : rouge, orange, jaune, vert, bleu, indigo, violet. Le 31 décembre au soir, les gens se précipitent sur la place pour fêter le réveillon en regardant de splendides feux d'artifice. Certaines

La Tour 101 nocturne

chambres d'hôtels à côté sont réservées à l'avance par les clients qui se contentent de contempler la tour 101 scintillante, perçant les nuages, à travers la fenêtre de leur hôtel, en sablant leur champagne. Et les restaurants panoramiques à proximité sont également vite occupés.

2. Le Métro de Taipei（臺北捷運）

Le métro de Taipei est constitué d'un ensemble de lignes souterraines et en viaduc, desservies par des rames de métro classique ou Val automatisé desservant l'agglomération de Taipei ainsi que sa couronne, New Taipei. Il comporte six lignes classiques (et trois antennes), et une ligne automatique comme la ligne 14 à Paris. La dernière a été construite par l'entreprise française Matra, tandis que les vitres, elles, proviennent de Seneffe en Belgique. Puis, les nouveaux sièges sont installés par Bombardier, une société canadienne. Vive la francophonie à Taipei !

Dans les années 1970, le besoin d'un système de transport en commun devient pressant, à la suite de l'accroissement des problèmes de circulation qui accompagnent le démarrage de l'économie. Ainsi, le gouvernement approuve le plan de construction de la première phase du réseau en 1986 et les travaux débutent en 1988.

Au début, le métro de Taipei fut l'un des systèmes de transport en commun les plus coûteux du monde à cause du sol peu solide. Mais, grâce aux énormes progrès scientifiques, on a finalement pu vaincre plus tard les problèmes techniques. La modification du réseau des chemins de fer pour rassurer son intégration avec le métro est également en cours, y compris les connections avec des zones commerciales

Le val automatique de Taipei

souterraines, des parkings ainsi que des jardins publics.

Le réseau est ouvert de 6 heures du matin à minuit avec un service prolongé pour certains événements, comme le 31 décembre, lors du Nouvel An.

Dans le métro, il est formellement interdit de boire, manger, fumer et mâcher des noix de bétel, ce que beaucoup de touristes étrangers ignorent : voilà une des raisons pour lesquelles le métro est impeccablement propre. Encore un petit détail : les Taipeiens sont très disciplinés, ils s'alignent sagement avant de monter dans les wagons. Les habitants de Kaohsiung (2ème grande ville à Taïwan) font de même.

3. Hsinchu, centre de recherche et d'industrie électronique （新竹科學園區）

Savez-vous d'où vient votre portable ? Eh oui, plusieurs éléments cruciaux qui le composent proviennent d'un laboratoire scientifique à Hsinchu, surnommé le Silicon Valley de Taïwan, qui abrite, entre autres, les entreprises telles que TSMC（台積電）, ACER（宏碁）, etc. Dans cette région prospère, les appartements poussent comme des champignons et le coût de la vie est même plus élevé qu'à Taipei, la capitale. On appelle les ingénieurs habitant là-bas les robots, parce qu'ils travaillent comme des dingues ! Au point de ne pas trouver le temps de faire des enfants. Voilà une des raisons pour lesquelles le taux de natalité à Taïwan est l'un des plus bas du monde !

4. Les Animaux domestiques （寵物）

Parmi les animaux domestiques, le chien occupe toujours la 1ère place chez nous. En ville, il n'y a pas beaucoup d'espace, les gens vivent plutôt en appartement. C'est pourquoi le caniche, le chihuahua et les toutous de petite taille sont les plus populaires.

Il existe des boutiques pour chiens où on peut se procurer tout ce dont nos pe-

▪ **Les gadgets des animaux domestiques**

tits protégés ont besoin : niches, couches, habits, chaussures, chaussons, salons de coiffure, et – plus surprenant – les poussettes. En effet, à Taïwan, celles-ci ne sont pas réservées uniquement aux bébés, les chiens aussi y ont droit. En Chine, on a « l'enfant roi », chez nous, « l'enfant poilu »（毛小孩）!

Il n'est pas non plus difficile de trouver des cliniques vétérinaires où l'on peut soigner nos toutous et nos minets et les y héberger. Enfin, on peut embaucher quelqu'un pour les promener aussi de temps en temps, ou les emmener à l'école pour qu'ils apprennent la politesse.

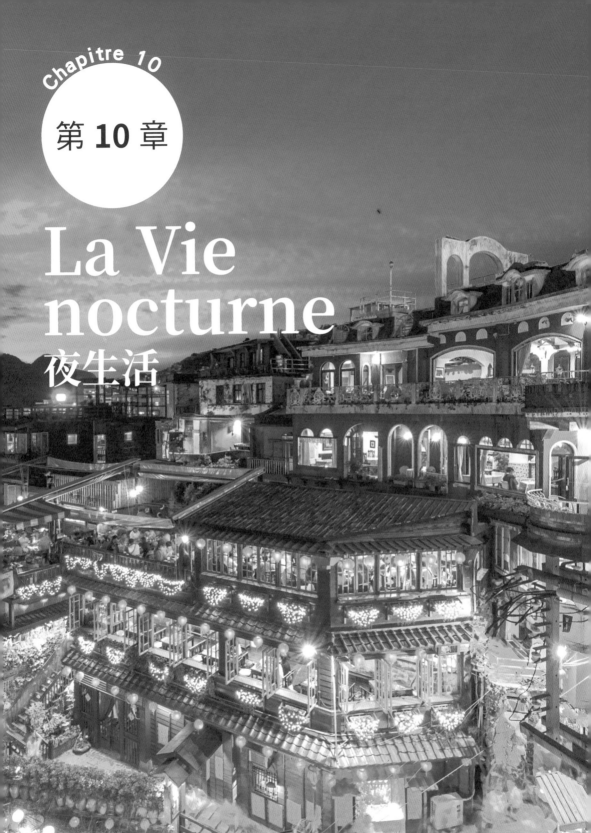

La Vie nocturne

夜生活

第 10 章

夜生活

你想在臺灣度過名符其實的「臺北夜未眠」嗎？似乎臺灣人不必睡覺，許多店鋪每天開放 24 小時，每週 7 日，全年無休。

1. 24 小時便利商店

臺灣便利商店密度首冠全球，共計四大通路，超過一萬家 24 小時營業，守護各種消費者，尤其是懶得出門走遠路的人。它的服務範圍廣闊，光是咖啡、茶飲就高達 50 多種選擇，菸、酒、泡麵和零食也不缺，最暖心的是可以吃到熱騰騰的烤地瓜、關東煮、茶葉蛋；至於為什麼還能找到內衣、手套和絲襪，那要問問市調員了。此外，舉凡洗衣、繳納水電費、稅單和罰單，甚至取貨都可在便利商店一次搞定。預訂火車票、表演票、叫計程車也 ok，還能影印及傳真，甚至小額統一發票獎金亦可當場兌換，或折抵商品。有些超商尚有 ATM，可小額提款。且現今環島自行車活動方興未艾，這些便利商店便成了車友們最佳的補給和連絡站。宅男宅女也超愛，距住處方圓不到百公尺，必有一家便利商店，真是名符其實的便利呀。

更酷的是，臺灣也有超市和書店 24 小時不間斷服務，以供給大眾隨時所需的物資及精神食糧。

2. 夜市

除了傳統市場外，臺灣夜市則具另一番風情，若干夜市位於大學附近，如士林、師大、公館、東海、逢甲等，且各有特色。除了衣物、飾品、小玩意兒，小吃是各大夜市的主角，烤肉串、烤香腸、烤魷魚、蚵仔煎、奶茶、小籠包等都榜上有名；只是豬血糕、豬血湯、滷大腸、臭豆腐、七里香、黑

白切等，許多西方觀光客可能就 ooxx（敬而遠之 / 退避三舍）了，不過什麼都有，也就什麼都不奇怪了。另外特別的還有臺北寧夏夜市，80％的攤位都可以使用信用卡或是 APP 付款，甚至不用帶錢包出門就可以消費呢！

3. 卡拉 OK

卡拉 OK 是由日本傳入臺灣，如今東北亞國家（日、韓、臺）都十分風行，他似乎是許多人解壓或助興的利器，尤其週末，三五好友或家人會到卡拉 OK 包廂高歌幾曲，可唱國、臺語、粵語、日語、韓語、英語、法語歌耶！臺灣很多卡拉 OK 是 24 小時營業，全年無休。這些唱歌場所裝潢豪華，消費額不低，若不想唱，也可僅吃吃喝喝。

La Vie nocturne

Voulez-vous vivre l'expérience « **Taipei By Night** » **?** Sachez que les Taïwanais aiment la vie nocturne et que beaucoup de magasins sont ouverts quasiment 24 heures sur 24, 7 jours sur 7.

1. Les Dépanneurs de 24h/24 （24 小時便利商店）

Taïwan est une île où l'on peut passer quasiment tous les jours « une nuit blanche » : les « dépanneurs » - comme 7-11, Family Mart, Hi-Life et OK - sont là pour répondre à tous nos besoins, 24h/24, 7 jours sur 7. Depuis 2016, Taïwan possède 10,199 magasins de dépannage, ce qui représente la plus haute densité du globe devant le Japon. Ces commerces de proximité constituent des lieux idéaux

Le dépanneur de 24h/24 !

pour les casaniers ou les paresseux qui n'ont pas envie de trop marcher.

Que peut-on y faire ?

(1) Achat insolite : le café ou le thé (50 sortes différentes), ce n'est pas le plus im-pertinent, mais l'alcool et le tabac ? Eh oui, on les y trouve aussi. Les amuse-bouches, les gâteaux, ce n'est pas assez extra, mais la patate au four, le tempou-ra, l'oeuf au thé ainsi que le plat réchauffé au micro-onde, ça c'est fort. Chose curieuse, on y trouve également des sous-vêtements, des gants et des collants.

(2) Avez-vous du mal à trouver un pressing ? Il suffit de laisser votre linge dans un de ces magasins (à peu près 3 euros par pièce) et on va s'en occuper. Quelques jours plus tard, vous y retournerez prendre vos vêtements tout propres.

(3) Pas besoin de perdre son temps en allant dans différents bureaux divers pour le payement de l'eau, de l'électricité, de l'assurance, des taxes et de la contraven-tion. Votre dépanneur peut résoudre tous vos problèmes en 1 minute ! Magique !

(4) Votre permis de couduire est-il périmé ? Rendez-vous dans votre magasin de proximité. En 30 secondes votre problème est réglé. Plus de souci en route. Même chose, si votre portable est épuisé ; ne vous faites pas de mauvais sang, il suffit de le recharger chez le dépanneur. Recharger votre « Convinient card[1] » en petite somme ne pose non plus aucun problème.

(5) Vous n'avez pas de concierge qui s'occupe de vos paquets ? Il faut faire la queue à la poste pour récupérer vos colis ? Mais non, l'envoi et la réception, tout en un chez le dépanneur.

(6) Dans 7-11, une machine en libre-service sert de kiosque, nommé ibon : vous au-rez votre billet de train ou votre billet de spectacle en suivant les indications sur l'écran.

(7) Une machine d'ATM se situe aussi dans certains dépanneurs : elle vous permet

---

1   Easy card, ipass, icash 2.0, happycash : les transports en commun et certains magasins acceptant le payement avec ces cartes.

de retirer de l'argent ou de faire un virement bancaire en somme minime.

(8) Vous vous méfiez des taxis qu'on hèle dans la rue ? Votre dépanneur peut également vous aider à en appeler un.

(9) À Taïwan, chaque ticket de caisse porte des chiffres qui servent de loto. Tous les deux mois, le gouvernement annonce les numéros gagnants, de 200NT à 10 millions. La somme minimale peut être remboursée chez les dépanneurs.

Les tickets de caisse

(10) Tout le monde ne possède pas un photocopieur ou un fax à la maison : 7-11 peut vous rendre ce service.

(11) On a aussi le Tour de Taïwan en vélo. En cas d'urgence, les dépanneurs font office de station de recours. Il y a une très forte solidarité entre les cyclistes.

Vous voyez, les fonctions des dépanneurs de proximité, ouverts 24h/24, 7 jours sur 7, sont phénoménales. Ce réseau complexe d'opérations hybrides est un véritable Maître Jacques qui sait tout faire.

Il existe également d'autres magasins fonctionnant 24h/24, des restaurants, des supermarchés, ou encore la librairie Eslite[2]. Ainsi, vous n'aurez pas de faim physique ni intellectuelle, en pleine nuit, à Taïwan.

2. Les Marchés de nuit（夜市）

L'Asie est connue pour ses marchés de nuit qui jouissent d'un grand succès tant auprès des locaux qu'auprès des touristes étrangers. La cuisine de rue à Taïwan a une longue histoire (plus de cent ans). Au début, c'était des marchands ambulants

---

2　Une des plus belles librairies à Taïwan.

Le marché de nuit

qui vendaient des bibelots ou des petites collations avec leurs charriots sur la place devant les temples. Petit à petit, la culture diététique a évolué, les gens dînaient souvent dehors, par conséquent, les marchands ont commencé à se rassembler dans un lieu fixe de manière permanente.

De nos jours, les marchés de nuit se situent aussi près des universités, par exemple, dans les quartiers de Shilin, Shida, Gong Guan, Dong Hai, Fong Jia, etc. C'est une distraction locale, fort appréciée par les étudiants, qui aiment y flâner dans les allées étroites en dégustant leurs spécialités favorites. Actuellement, la plupart des marchés de nuit se dépouillent de leur caractère traditionnel et tendent davantage à attirer les touristes.

Mais, il existe tout de même des marchés de nuit populaires, moins touristiques, par exemple celui de l'Aéroport du Sud（南機場）; mais il n'y a pas du tout d'avion dans cet endroit ! En fait, au début du XXe siècle, c'était un aéroport militaire situé dans le sud de Taipei, puis on l'a démoli dans les années 50, tout en gardant son nom.

On peut y trouver toutes sortes de petits plats（小吃）: brochettes de viande, brochettes de tomates-cerises au miel, boulettes de Xiao Long Bao, saucisses ou calamars grillés, omelette aux huîtres, thé au lait aux perles, même boudin au riz de cochon, le tofu puant... si vous pouvez supporter son odeur fétide ! Ça fait partie de la couleur locale.

3. Les Karaokés（卡拉 OK）

Le karaoké

Les KTV sont des établissements composés de plusieurs chambres individuelles contenant des équipements de karaoké, c'est une des activités les plus populaires surtout pendant le week-end, avec des amis et de la famille. Les Japonais, les Coréens et les Taïwanais l'adorent. Beaucoup de KTV à Taïwan sont ouverts 24h/24h et 7j/7, on peut y chanter en différents langues : chinois, taïwanais, cantonais, japonais, coréen, anglais, français, entre autres. Vous serez surpris de voir les établissements très chics qui accueillent ses clients. Si vous ne chantez pas, ce n'est pas un problème, vous pouvez vous contenter de boire et de manger sur place.

Références Bibliographiques
參考資料

- 王晴佳，（汪精玲譯）。筷子：飲食與文化。北京：生活・讀書・新知三聯書店，2019
- 每日一冷。台灣 沒說你不知道：生活在這塊土地的你可以拿來說嘴的七十則冷知識。臺北：尖端出版社，2016
- 李舒。皇上吃什麼。臺北：聯經出版公司，2019
- 李筱峰。快讀台灣史。臺北：玉山社，2002
- 李筱峰。台灣史 101 問。臺北：玉山社，2013
- 妮可・龍白，（王秀惠譯）。台灣－珍寶之島。臺北：白鷺鷥文教基金會，2009
- 林承緯。台灣民俗學的建構：行為傳承、信仰傳承、文化資產。臺北：玉山社，2018
- 陳郁秀編。鑽石台灣－多元歷史篇。臺北：玉山社，2010
- 陳馨儀。走進寶島看台灣：文化藏寶圖（修訂版）。臺北：人類文化，2012
- 許英英。看報學中文（Reading Chinese News）。臺北：正中書局，2007
- 黃荭。法語漫談中國文化（Parle-moi de la culture chinoise）（第 3 版）。上海：東華大學出版社，2019
- 黃荭、張晨、孔燕。中法文化面對面（Chine-France, un face-à-face culturel）。上海：東華大學出版社，2016
- 黃荭。法語漫談法國文化（Parle-moi de la culture française）（2 版）。上海：東華大學出版社，2019
- 葉怡蘭。台灣生活滋味。臺北：玉山社，2003
- 葉秉杰。走讀大稻埕。臺北：臺北市政府文化局，2018
- 熊子杰。你不知道的台灣。北京：九州出版社，2017

- ---, Taïwan, Paris : Michelin, le Guide Vert, 2011
- ---, Taïwan, Paris : Petit futé, 2016
- de Boer HJ, Cotingting C, Les plantes médicinales pour la santé des femmes en Asie du Sud-Est : Une méta-analyse de leur utilisation traditionnelle, des constituants chimiques et de la pharmacologique, 2014
- Golo, Made in Taïwan 1, Taipei : Le Pigeonnier, 2008
- Golo, Made in Taïwan 2, Taipei : Le Pigeonnier, 2009
- Hoarau Jean-Max, Burglin Mireille, Guide de fruits tropicaux, Saint-Marie : Azalée édition, 2002
- Lambert, Nicole, Taïwan, l'ile aux Trésors, Taipei : Egret Cultural and Educational Foundation, 2009
- Le Bellec Fabrice, Renard-Le Bellec Valérie, Le grand livre des fruits tropicaux, CIRAD et édition Orphée, 2007

- Sa Chan, **La joueuse de Go**, Paris : Grasset, 2001　(Prix Goncourt des lycéens)
- Zheng Chantal, **Les Aborigènes de Taïwan**, Paris : L'Harmattan, 1995
- Zheng Chantal, **Trésors du Musée National du Palais, Taipei**, Taipei : Musée National du Palais, Taipei, 1998
- Zheng Chantal, **Taïwan cuisine**, Taipei : Tourism Bureau, 2006

Sitographie
- http://melia1821.blogspot.com/
- http://teamasters.blogspot.com/2010/04/spring-2010-wenshan-baozhong.html
- http://www.pharmacopeechinoise.com/tag/pachyme/
- http://www.sinogastronomie.com/WP/?p=702
- https://acruisingcouple.com
- https://dietetiquetuina.fr/4267/la-racine-de-reglisse-gan-cao/
- https://fr.wikipedia.org
- https://fr.wikipedia.org/wiki/M%C3%A9tro_de_Taipei
- https://fr.wikipedia.org/wiki/R%C3%A9glisse
- https://jardinage.lemonde.fr/dossier-391-savonnier-koelreuteria-paniculata-arbre-lanternes.html
- https://jardinage.lemonde.fr/dossier-557-gardenia-jasminoide-fleurs-blanches-immaculees.html
- https://www.gardenia.net/plant/magnolia-denudata-yulan-magnolia
- https://www.teasenz.com/fr/anxi-tie-guan-yin-oolong-tea
- https://www.twtainan.net/zh-tw/attractions/detail/792
- https://www.welovetea.fr/details-le+the+oolong+pouchong-46.html
- https://www.welovetea.fr/details-le+the+oolong+ti+kuan+yin-45.html
- Taïwaninfo.net.gov.tw
- www.bedarieux-voixdorgues.com
- www.loeildolivier.fr
- www.Taïwan.net.tw

Filmographie
- WTO 姐妹會

Crédit photo
圖片來源

第一章 — 清明節：葉秉杰

第二章 — 迷信：葉秉杰
　　　　 十二生肖繪圖：朱家萱
　　　　 阿美族豐年祭：交通部觀光局
　　　　 達悟族飛魚祭：交通部觀光局

第三章 — 媽祖繞境：游輝弘

第五章 — 布袋戲：許永郁
　　　　 霹靂布袋戲：游輝弘
　　　　 雲門舞集：游輝弘
　　　　 故宮三寶：國立故宮博物院官網

第六章 — 北投溫泉博物館與主視覺圖：北投溫泉博物館官網
　　　　 茶花：http://melia1821.blogspot.com/
　　　　 木瓜花：http://melia1821.blogspot.com/
　　　　 油桐：http://melia1821.blogspot.com/
　　　　 木棉：http://melia1821.blogspot.com/
　　　　 美人樹：http://melia1821.blogspot.com/
　　　　 鳳凰木：http://melia1821.blogspot.com/
　　　　 柑橘：http://melia1821.blogspot.com/
　　　　 台北植物園：http://melia1821.blogspot.com/
　　　　 后里花市鬱金香：http://melia1821.blogspot.com/
　　　　 臺灣欒樹：李欣潔
　　　　 菊花展海報：士林官邸官網

第十章 — 發票：葉秉杰
　　　　 腳踏車：葉秉杰
　　　　 卡拉 OK：王宸柔

國家圖書館出版品預行編目資料

Parlons de la Culture Taïwanaise en Français：La Perle magnifique de l'Océan Pacifique
用法語說臺灣文化：太平洋中的璀璨珍珠 / 阮若缺（Rachel Juan）編著
-- 初版 -- 臺北市：瑞蘭國際, 2021.09
176 面；17 × 23 公分 --（繽紛外語系列；103）
ISBN：978-986-5560-31-7（平裝）

1. 法語 2. 讀本 3. 臺灣文化

804.58   110012848

繽紛外語系列 103

Parlons de la Culture Taïwanaise en Français :
La Perle magnifique de l'Océan Pacifique
用法語說臺灣文化：太平洋中的璀璨珍珠

編著者｜阮若缺（Rachel Juan）
審訂｜舒卡夏（Katarzyna Stachura）
責任編輯｜葉仲芸、王愿琦
校對｜阮若缺、沈韻庭、葉仲芸、王愿琦

視覺設計｜劉麗雪

瑞蘭國際出版
董事長｜張暖彗 ・ 社長兼總編輯｜王愿琦
編輯部
副總編輯｜葉仲芸 ・ 副主編｜潘治婷 ・ 副主編｜鄧元婷
設計部主任｜陳如琪
業務部
副理｜楊米琪 ・ 組長｜林湲洵 ・ 組長｜張毓庭

出版社｜瑞蘭國際有限公司 ・ 地址｜台北市大安區安和路一段 104 號 7 樓之一
電話｜(02)2700-4625・ 傳真｜(02)2700-4622・ 訂購專線｜(02)2700-4625
劃撥帳號｜19914152 瑞蘭國際有限公司
瑞蘭國際網路書城｜www.genki-japan.com.tw

法律顧問｜海灣國際法律事務所　呂錦峯律師

總經銷｜聯合發行股份有限公司 ・ 電話｜(02)2917-8022、2917-8042
傳真｜(02)2915-6275、2915-7212・ 印刷｜科億印刷股份有限公司
出版日期｜2021 年 09 月初版 1 刷 ・ 定價｜480 元 ・ISBN｜978-986-5560-31-7

版權所有 ・ 翻印必究
本書如有缺頁、破損、裝訂錯誤，請寄回本公司更換
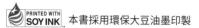 本書採用環保大豆油墨印製